Jorgi Jatromanolakis
Der Schlaf der Rinder

SERIE PIPER

Zu diesem Buch

Ein Morgen 1928 in einem Dorf auf Kreta: Als der Seifensieder, Seidenraupenzüchter und Geldverleiher Servos den Bauern Dikeos aufsucht, um seine Schulden einzutreiben, macht dieser kurzen Prozeß und erschießt ihn. Der Mörder flieht in die Berge. Sein Sohn Grigoris ist aus dem Gleichgewicht geworfen und fällt in den Schlaf der Rinder, ein Schlaf mit geöffneten Augen und wunderlichen Folgen: Die Sinne sind so geschärft, daß er in drei Kilometern Entfernung die Seidenraupen kauen hören kann, daß er durch geschlossene Türen sehen kann, daß er überall ist und nirgends. Mit diesem Mord wird eine Familienfehde entfacht, die über ein halbes Jahrhundert andauern wird. Als Markos, der Sohn des Opfers, Grigoris, den einzigen Nachkommen des Mörders, ersticht, ist nicht nur das Gesetz der Blutrache erfüllt, sondern damit geht auch die Zeit der alten Mythen zu Ende. Jatromanolakis erzählt mit großer Sprachkraft eine uralte Geschichte jenseits der bürgerlichen Gesetze, im Niemandsland zwischen archaischer und materialistischer Weltordnung.

Jorgi Jatromanolakis, 1940 auf Kreta geboren, ist Professor für Klassische Philologie an der Universität von Athen. 1979 bis 1980 war er Gastprofessor an der Harvard University. Jorgi Jatromanolakis erhielt für »Der Schlaf der Rinder« den Ersten Griechischen Nationalpreis für Literatur und den Nikos-Kazantzakis-Preis.

Jorgi Jatromanolakis

Der Schlaf der Rinder

Roman

Aus dem Neugriechischen von
Norbert Hauser

Piper München Zürich

Ungekürzte Taschenbuchausgabe
Piper Verlag GmbH, München
Februar 1998

Titel der griechischen Originalausgabe:
»Istoria«, Kedros, Athen 1982

Umschlag: Büro Hamburg
Simone Leitenberger, Susanne Schmitt, Annette Hartwig
Foto Umschlagvorderseite: Jay Maisel
Foto Umschlagrückseite: Agyropulos
Satz: Miriam Dalla Libera
Druck und Bindung: Clausen & Bosse, Leck
Printed in Germany ISBN 3-492-22515-2

Für Nikolaos, der schon daran ist, lesen und schreiben und noch viel mehr zu lernen

… was ich mit meinen Augen gesehen, mit meinem Urteil abgewogen und mit meinem Erkunden festgestellt habe …
Herodot, II, 99, 1

1

Als Emmanuil Servos, Sohn des Georgios, 52 Jahre alt, von einer Kugel in den Unterleib getroffen wurde, in der Morgendämmerung am Mittwoch, dem 8. August 1928, gab es keinen anderen Zeugen als den Mörder selber. Servos, wie der Mörder feststellte, war völlig überrascht, weil plötzlich seine Schärpe aufging, vor allem aber, weil er jede körperliche Bindung mit der Erde verlor. Das Gesetz der Schwerkraft, die, wie man sagt, die Dinge an ihrem Platz hält, die Tiere und die Menschen, war aufgehoben, so daß zwischen dem Erdboden und den Knien des Erschossenen ein Raum entstand, der sich vielleicht über zwei Meter ausdehnte, vielleicht aber auch über mehr. Servos, obgleich im besten Alter, schaffte es nicht, seine Hände zur Erde auszustrecken und sich vor dem Fall zu schützen. Im Gegenteil, nachdem er sich weit in die Höhe gestreckt und in der Luft geschwebt hatte, krachte er in den Staub des Rebwegs; der Rumpf befand sich auf der Erde, der Kopf hing in den Reben. Zwei oder drei Stunden lag er reglos da und blutete. So wurde er schließlich gefunden. Seine Darlehen konnte er nicht mehr zurückfordern, und zudem verlor er im dicken Staub, was er an Geld in seiner Schärpe trug: ein englisches Goldpfund mit dem Kopf des Königs, der nach links blickte, einen silbernen Zwanziger der griechischen Demokratie mit einer Frau, die inmitten von Ähren dargestellt war, zwei Fünfer in Nickel, auf denen eine Eule abgebildet war, sieben Eindrachmenstücke und drei oder mehr silberne 20-Lepta-Münzen mit abgegriffenen Rändern.

Am folgenden Dienstag, 14. August, dem Vortag von Mariä Himmelfahrt, morgens um acht, blieb Grigoris Dikeakis, der Sohn des Mörders Pavlos Dikeakis, mit dem Korb für die Trauben oberhalb der Stelle, an der Servos gestürzt war, stehen. Mit dem Stiefel trat er das getrocknete Blut weg, und da kamen auf dem Erdboden das Goldpfund, der silberne Zwanziger, die zwei Nickelfünfer und vier Eindrachmenstücke zum Vorschein. Die restlichen Münzen, deren Anzahl jedoch nicht genau bestimmt werden konnte, waren endgültig verschwunden. Grigoris, der Servos vor sieben Tagen gefunden hatte, wie er auf dem Bauch in ihrem Rebberg lag, war durch den neuen Fund beeindruckt, mehr noch aber durch die Tatsache, daß er zum erstenmal in den siebenundzwanzig Jahren seines Lebens eine so große Summe in seinen Händen hatte. Er rechnete sich aus, daß mit diesem Geld der Schaden, den der Getötete bei seinem Sturz in den Reben angerichtet hatte, mehr als ausreichend gedeckt wäre und darüber hinaus alles, was in ihrem Rebberg von jenen zerstört worden war, die, zwanghaft und von Neugierde getrieben, sich um Servos geschart hatten, kaum war das Verbrechen ruchbar geworden.

Und dennoch geschah mit dem Sohn des Mörders, was schon viele Male festgestellt worden ist bei Menschen, daß sie nämlich, während sie selber doch weder je ein Verbrechen begangen noch Unrecht getan haben, spüren, wie ihre Verwandtschaft mit dem Urheber eines wie auch immer gearteten Verbrechens sie in eine mißliche und mitunter bedrängende Lage bringt. Man sagt sogar, daß, wenn sie sich an jenem Ort befinden, wo das Verbrechen begangen wurde, die Bedrängnis und der Aufruhr noch größer sind, weil ein Ort nicht nur zur verbrecherischen Tat beitragen kann, sondern diese auch wiederholte Male im Gedächtnis wachruft. So, da die Schäden im Rebberg kaum von Bedeutung waren, mußten nun die Trauben gelesen werden, zuallererst an den einhundertdreiundvierzig Sultaninenstöcken, die sich rechts des Rebwegs befanden. Die Rosaki-Trauben zur Linken mußten noch nicht gelesen werden, doch weil sich die Wetterverhältnisse im August durch Unbeständigkeit auszeichnen und es vorkommt, daß anhaltende, verheerende Regengüsse fallen, dachte Grigoris, es wäre vernünftig, wenn er sich beeilte und das, was zu tun wäre, eben allein erledigte, da sich sein Vater der Justiz entzogen hatte.

Das kleine Haus am Rande des Rebwegs, dort, wo der Rebberg endet, war gänzlich unangetastet, obwohl von dort aus Servos erschossen worden war, wie auch der Mörder selber zehn Tage nach Begehung des Verbrechens behauptet hatte. Konkret, nach der Rekonstruktion des Mordes, am Samstag, dem 18. August, hatte der Mörder darauf bestanden, er habe einen Schatten sich dem Häuschen nähern sehen, vom Weg her, und er habe das Gewehr aus dem kleinen Fenster mit dem gekreuzten Gitter gleich neben der Tür gehalten und abgedrückt. Dikeakis*, der auch Dikeos genannt wurde, sicher aufgrund seines Namens, aber auch, weil er oft von seinem eigenen Recht sprach, blieb unglaubwürdig. Das Gericht aber erkannte schließlich, daß er aus dem Fenster und von vorn geschossen hatte und nicht, wie bei der ersten Vernehmung durch die Polizei behauptet worden war, nachdem er sich hinter der nächsten Ecke in den Hinterhalt gelegt hatte.

Grigoris fragte sich einmal mehr, wo sein Vater tatsächlich stecken mochte, und er hatte nicht den

*Geschlechtsname des Mörders, zudem ein Wortspiel: »dikeos« bedeutet »gerecht«.

geringsten Zweifel daran, daß eine Mordtat wenn auch nicht den Ort, so doch, und in hohem Maß, die Menschen, den Mörder, das Opfer und sozusagen alle ihre Verwandten verändert. So quält der Mörder aufgrund dessen, daß er sich der Justiz zu entziehen gezwungen ist, sowohl die Seinen als auch die Verwandten des Opfers, denn alle bemühen sich, ihn aufzuspüren, ein jeder natürlich aus anderen Gründen. Der Mörder wiederum hat keinen festen Ort, an dem er bleiben kann, auch seine Nahrung ändert ständig, da legt er sich schlafen, dort steht er am Morgen auf, löst er den Gürtel und erleichtert sich. Besonders für Dikeos, der es gewohnt war, vom Morgen bis zum Abend durch seinen Rebberg zu streifen, dort zu schlafen, sich dort zu erleichtern, war die Veränderung gewaltig, wie Grigoris sich immer wieder sagte.

Eine weit größere Veränderung mußte Servos über sich ergehen lassen. Die Kugel aus dem Mannlicher-Gewehr, mit dem er erschossen wurde – wie schön sie von Dikeos auch poliert und gefettet worden war, wie klein das Loch auch war, das sie anfangs verursachte – durchdrang die Haut mit Wucht, und nachdem sie den Magen durchlöchert und lebenswichtige Organe zerfetzt hatte, die nötig sind für die Verdauung und danach für den Stuhlgang, trat aus, indem sie eine breitere Öffnung tief unten im Rücken schlug und noch zwei Wirbel zertrümmerte.

Beim unablässigen und viele Stunden anhaltenden Blutfluß und dem Auslaufen der Säuren trocknete der Mann aus, und seine Seele, die, wie man sagt, einem Seidenfalter ähnelt und ein wenig höher ihren Sitz hat, im Zwerchfell, fiel und erstickte unter den unbewegten Flüssigkeiten, im geronnenen Blut und in der Galle. Das einzig Lebendige, das am Morgen des Mordes, als Grigoris kam, sich um Servos' Körper bewegte, waren ein paar Fliegen, jene, die geboren werden, wenn ein Mann stirbt. Im Nasenloch des Getöteten aber war eine verendete schwarze Fliege, klein, mit großen Flügeln, eine, die im Blut der Lebenden lebt und sich bewegt; aber wenn das Blut gerinnt, trocknet auch sie aus und beendet ihre Existenz.

Grigoris wurde viel später erstochen, genau gesagt, nach drei Jahren und drei Monaten, im November 1931, irgendwann zwischen dem Fest des Heiligen Minas und dem der Enthauptung der Heiligen Ekaterini. Da sah auch er, erstochen vom Sohn des Opfers, von Markos Emmanuil Servos, seine Eingeweide sich in den Fluß ergießen, und da kam ihm wieder die Erinnerung an Servos' Ermordung, obwohl der Ort ein anderer war. Dann prüfte und beurteilte er sein Leben mit einer Schnelligkeit, welche allein den demnächst Sterbenden und von denen vor allem den Erstochenen eigen ist. Sein abschließendes Urteil ist ohne Belang. Von Bedeutung aber ist, daß Grigoris die Zeit verkürzte und verdichtete, so daß aus langsam schnell und aus lang kurz wurde; vom November, in dem viel Kälte vom Berg herunterkommt und die Sternenkonstellationen den Winter zeigen, ging Dikeos' Sohn zurück zum heißen August, drei ganze Jahre zurück. So, halb im Fluß, halb auf der Böschung liegend, hörte er genau die Fliegen, die geboren werden, wenn der Mensch stirbt, und er spürte in seinen Nasenlöchern das Schwirren der schwarzen Fliege, die Flügel aus Gold und Beine aus Eisen hat, die den Menschen packt und in die Höhe hebt, zwei oder drei Meter, manchmal noch höher, und ihn losläßt, und er stürzt zu Boden, tot.

Da er also die Zeit zusammenpreßte und ausdehnte, befand sich Grigoris wieder in ihrem Rebberg, lebendig, es war Dienstag, der Tag vor Mariä Himmelfahrt. Er las vier Stöcke ab, begann mit dem fünften, doch dann hörte er todmüde auf, mit der für ihn hinreichenden Begründung, die Veränderung, die gewöhnlich nach einem Mord hereinbreche, habe auch auf ihn selber übergegriffen. Die Tatsache, daß er als erster Servos gesehen, die Fliegen gehört und die Luft um den Toten gerochen hatte, daß er nach Hause geflohen war und dort keinen Schlaf gefunden hatte, dies alles trug zu dieser Veränderung bei. Er hatte einmal gehört, die schreckliche Mordtat beeinflusse die Lebenden so viele Jahre lang, wie sie schon gelebt hätten bis zum Zeitpunkt der Tat. Der Sohn des Mörders rechnete aus, daß es für ihn persönlich noch weitere siebenundzwanzig Jahre dauern würde. Das machte ihn trübsinnig. Die Möglichkeit, daß sein Vater noch einundfünfzig Jahre zu leiden hätte, zog er nicht ernstlich in Betracht, denn für Mörder galten vermutlich andere Regeln. Da beschloß er, vorläufig die Traubenlese sein zu lassen, da ihn bereits viele Tage die Schlaflosigkeit quälte; er hoffte, in der Kühle des Häuschens ein wenig Ruhe und Erfrischung zu finden.

Dort sah er all ihre Gerätschaften; er zählte sie auf, wie es ihm sein Großvater beigebracht hatte, nicht mit dem Zeigefinger und mit lauter Stimme, sondern im Geist und im stillen: die große Haue, die kleine Haue, den Kuhfuß, die Spitzhacke, die Harke, die Hippe, die Sense, den Behälter zum Schwefeln, die vier Körbe, den großen Bottich zum Verdünnen der Pottasche, die acht Säcke für die Rosinen und die Drahtschlinge für den Hasen, den Fuchs und den Dachs. Er stellte sich vor, wenn alle Geräte Kraft hatten, weil in ihnen die Flamme und das Metall der Erde eingeschlossen waren, so mußte das Mannlicher-Gewehr noch mehr Kraft und Feuer haben – denn die anderen Geräte mögen aus dem Feuer entstanden sein, das Gewehr aber erzeugt Feuer. Sein Metall wird sehr hoch erhitzt, wird gehärtet, es trocknet und wird leicht. Schießt also jemand mit einem Mannlicher-Gewehr, und er hat vorher die Spitze der Kugel gereinigt und poliert, so findet die Kugel nicht nur ihr Ziel, sondern sie wird angezogen von der Wärme des menschlichen Körpers, sie durchschlägt die Haut, das Fleisch und die Knochen in einer Weise, die man als menschenfreundlich bezeichnet.

Am Morgen des 18. August, des Tages vor den Parlamentswahlen, das Fest von Mariä Himmelfahrt war bereits vorbei, wurde Dikeos gefangen; er kauerte, die Schärpe gelöst, unter dem Johannisbrotbaum und erleichterte sich. Als man ihn fragte, wozu er die fünf Kugeln, die er bei sich hatte, gereinigt und poliert habe, gab er eine ganze Reihe von Antworten, die bei der grundlegenden Bearbeitung der Metalle begann, zu dem Zeitpunkt, in dem sie aus der Erde kommen in unreiner Form, und im Frühling 1916 endete, da er noch mit Servos zusammen als Polizist von Veniselos im freien Thessaloniki gedient hatte. Dikeos führte aus, eine saubere Kugel sei einer rostfleckigen vorzuziehen, und ein Gewehr müsse, damit es wirkungsvoll sei, menschenfreundlich sein und so weiter. Was die sechste Kugel in seinem Magazin des Mannlicher-Gewehrs anbelangte, so habe die sich mit größter Wahrscheinlichkeit in Servos' Körper aufgelöst; die Hülse müsse durch das kleine Fenster geflogen sein und irgendwo im Rebberg liegen.

Die Hülse wurde jedoch, verfangen im Bettzeug, von Grigoris selber gefunden, am Donnerstag, 9. August, dem Tag von Servos' Beerdigung. Sobald es sich nämlich aufgrund weiterer Quellen bestätigt hatte, daß Dikeos der Mörder war, ging Grigoris zu Fuß in den Rebberg, öffnete das Häuschen und suchte nach der Hülse. Er bemerkte, daß sie am Rand leicht schwarz war, doch der Schlagbolzen hatte das Zündhütchen genau in der Mitte getroffen, denn ihr Gewehr war perfekt, stets gut gefettet und sauber, und niemals hatte es eine Ladehemmung gehabt. Grigoris nahm die leere Hülse, roch an ihr, wie er es stets tat, und steckte sie in die Innentasche seiner Weste. Dort hatte er auch das Geld von Servos verstaut: das Pfund, den Zwanziger, die Fünfer und die Eindrachmenstücke.

Im November 1931, als man den toten und blutüberströmten Grigoris für das Begräbnis vorbereitete, wie es getan werden muß der Lehre der Kirche und den Sitten gemäß, fand man in der Innentasche der Weste die Hülse, sauber, glänzend, zusammen mit einem Pfund und neun Drachmenstücken. Dieses Geld forderten die Verwandten von Servos nicht zurück, nicht etwa, weil Grigoris' Mörder Markos war, sondern weil sie nicht wußten, daß es von einem der Ihren stammte. So wäre es auch vor Grigoris' Tod gewesen, da Servos' Familie, auf Initiative und Rat ihres Anwalts, wiederholte Prozesse gegen

Dikeos und seinen Sohn ausgefochten hatte. Deshalb übergaben die, welche Grigoris ankleideten, da keiner sonst es für sich forderte, das Geld dem Kassierer des Kirchenrats, und es deckte die Ausgaben für das Begräbnis und die Gedächtnisfeierlichkeiten der drei Monate.

Grigoris setzte sich auf das Bett seines Vaters und betrachtete die Welt durch das geöffnete kleine Fenster. Er sah den Weg, der ihren Rebberg in zwei Teile teilte, dann den abgeernteten Acker des Nachbarn, den Zaun mit den wilden Rosen, den Abhang, der zur öffentlichen Straße hinaufführte; die Straße brachte ihn geradewegs zum Dorf.

Das Dorf lag zwischen zwei Friedhöfen, einem alten, türkischen, und einem neuen, christlichen. Man sagt nämlich, daß die Menschen, Griechen und Türken, wenn sie am Leben sind, sich zusammensetzen können, um zu essen und zu trinken, daß sie aber, wenn sie sterben, unmöglich gemeinsam beerdigt werden dürfen, weil niemand weder die Grenzen noch die Amtsbezirke der christlichen und der türkischen Heiligen kennt. Da bekannt ist, daß der Ort eines Friedhofs einem anderen, in der Erde verborgenen, zweihundert oder dreihundert Meter in der Tiefe, entspricht, ist es vernünftig, die Begräbnisorte auch an der Oberfläche voneinander zu trennen. Der türkische Friedhof war nun verlassen, da die

Leute schon vor langem weggegangen waren. Während des ersten Völkeraustauschs, 1913, als Grigoris zwölf Jahre alt war und sein Großvater noch lebte, taten die Türken die Knochen derjenigen, die lange zuvor gestorben waren und deren Fleisch völlig verwest sein mußte, in weiße, reine Säcke und nahmen sie mit. Die aber, die erst vor kurzem gestorben waren, blieben auf dem Friedhof des Dorfes, und niemand erwies ihnen Ehre, sorgte für ihre Gräber, und genausowenig störte man ihre Ruhe. Der griechische Friedhof, bei dem Grigoris stehenblieb, hatte mehr Gräber; sie waren über den Erdboden hinaus erbaut, einige mit einer Marmorverkleidung, wie das von Servos, mit einer kleinen Nische an der Stirnseite für die Kerze und die Ikone des Heiligen, der dem Verstorbenen hilft, sein Recht zu finden, und als Vermittler wirkt.

Servos' Beschützer war der Heilige Eleftherios, der, gemäß der Überlieferung, die Menschen von dem Bösen und dem Unrecht befreit, der also auch, wie es Eleftherios Veniselos' Anhänger behaupteten, selber zur Befreiung Kretas beigetragen hatte. Auf demselben Friedhof war auch Grigoris' Großvater beerdigt, der 1916 durch einen Sturz den Tod gefunden hatte. Sein Heiliger aber war ein anderer. In ihrem Haus hatten sie Michael, den Führer der himmlischen Heerscharen, den Schwertträger, den Wäger, der die Waage in der Hand trug. Michael war kein gewöhnlicher Heiliger, sondern ein rauher und barscher Erzengel, der keine Gefallen tat und sich für niemanden verwandte. Dies wurde deutlich nicht nur beim Tod des alten Dikeakis, sondern auch bei seinem ersten Besuch in ihrem Haus, im November 1901, als er Grigoris' Mutter, Maria, in schweren Wehen antraf.

Bei seiner Geburt also, dies erfuhr Grigoris erst später, entbrannte ein heftiger Kampf zwischen Maria, die man die »Leise« nannte, da sie leise sprach und ging, und dem Heerführer: Das Kind wurde am Bein herausgezogen, dem rechten, das zwei Finger länger war als das andere, wenn Grigoris auf den Füßen ging. Ging Grigoris aber im Geist und schritt er einen Meter hoch über die Erde, ohne zu fallen oder irgendwo anzustoßen, so waren seine Beine gleich lang und ebenmäßig. Fünfzig- oder sechzigmal konnte er von ihrem Rebberg ins Dorf gehen und zurückkehren, und weder verloren die Beine ihr Ebenmaß, noch hinkte er, auch wenn er ein Krüppel war. Um jedoch nicht allzu müde zu werden, hielt er von Zeit zu Zeit am Straßenrand an, und er sah den Menschen zu, die an ihm vorbeikamen, zu Fuß oder auf dem Maultier, und den vierfüßigen Haustieren, dem Hund, der gleichzeitig wild und sanftmütig war, und manchmal auch dem Dachs, dem Fuchs oder dem Hasen. Und weder Mensch noch Tier sah ihn, auch nicht der Hofhund, der über das Feld springt und die Witterung aufnimmt und alles aufschreckt. Der Hund des Geistes aber, kommt er zufällig dort vorbei, wo Grigoris steht, sieht ihn, und wenn er einen Hasen aufstöbert oder einen Fuchs aus dem Bau scheucht und über die Zäune und die Gräben setzt und von einem Ende des Hirns zum anderen stürmt, dann wird der Kopf schwer. Aus diesem Grund schlief Grigoris manchmal auf dem Feld, wo er aß und arbeitete. Dann rief Dikeos laut, und Grigoris wachte verstört auf.

Obwohl sein Vater hart arbeitete, wenig schlief und unablässig über Recht und Unrecht nachsann, kam er, im Gegensatz zu Servos, zu keinem Vermögen. Und daß die beiden zusammen Dienst getan hatten als Freiwillige und später als Milizionäre unter Venizelos auf dem griechischen Festland, war kein Grund, daß auch beide ein Vermögen machten. Denn das Kapital vermag aus sich heraus zu wachsen, wie die Seidenraupe, die schlafend frißt, sich ausbreitet in ihrem hölzernen Rahmen und das Blatt des Maulbeerbaums frißt und verdaut; doch erst muß sie geboren werden. Wenn also jemand, sagen wir, Servos, auf die eine oder andere Art zu Öl, Seife oder Wachs kommt und das Produkt verkauft und Profit macht, muß er das Geld gegen Zins verleihen, weil nur so der Gewinn weiteren Gewinn erzeugen kann. Da geschieht es, daß eine Münze die andere anzieht, daß das Geld sich im Dunkeln nährt und anwächst wie die Seidenraupe. Und wer das Geld gegen Zins verleiht, hat stets Gewinn und erleidet niemals einen Schaden, höchstens in dem Fall, wo er getötet wird und Bargeld in der Schärpe trägt und das Bargeld in den Staub fällt und verlorengeht. Doch auch dann ist der Verlust sehr gering im Vergleich zum Gewinn, der in den Haushalt kommt am Ende der Woche oder am Ende des Monats aus dem Geld, das durch fremde Hände geht, Zinsen trägt und sich unaufhörlich vermehrt.

Grigoris verließ den Friedhof, da es heiß war und der Ort nach Honig roch und nach dem Geruch eines Hundes, der in der Sonne verweste, nachdem er vergiftet oder erschossen worden ist. Grigoris schritt langsam durch die Straßen des Dorfes, aber er ging weder an ihrem eigenen noch an Servos' Haus vorbei. Am Dorfende zwang er seinen Geist, schneller die Hauptstraße entlangzugehen, und er erreichte den Hang des Rebbergs kurz vor Mittag. Da wurde sein Kopf noch heißer, und in sein Hirn drangen drei Eidechsen und ein Igel des Feldes, der ihm Schmerzen zufügte, denn sogar ein Igel des Geistes hat Stacheln, die in des Menschen Fleisch dringen. Nachdem er die Distanz zwischen dem Abhang und dem Feld vor dem Rebberg um ein großes Stück verringert hatte, stand er von einem Augenblick zum anderen dort, wo Servos gefallen war. Hätte er den Weg noch etwas mehr verkürzt und die

Tage näher zueinander gebracht, er hätte Servos noch lebend erwischt. Der aber, wie es gewöhnlich in solchen Fällen geschieht, wollte ungeduldig sein Darlehen zurück und beeilte sich, damit er Dikeos vor Tagesanbruch noch zu Hause traf.

So gelang es Grigoris nicht, weder den lebendigen Servos noch seinen Vater nach dem Mord zu Gesicht zu bekommen. Denn Dikeos – wie aus den Umständen ersichtlich wurde und wie er selber während der Tatrekonstruktion, zehn Tage später, zugab –, kaum hatte er abgedrückt und gesehen, wie Servos über den Weinstöcken schwebte, öffnete die Türe, in der einen Hand das Mannlicher-Gewehr und in der anderen den kleinen Sack mit dem Zwieback und den Oliven, und machte sich in nordöstlicher Richtung davon, um sich zu verbergen. Er nahm sich jedoch noch die Zeit, die Türe abzuschließen, und steckte den Schlüssel unter den Stein, wie immer. Dieses Detail verschlimmerte übrigens die Lage des Angeklagten, denn der Führer des Detachements, das ihn verhaftete, bemerkte schlau, daß Dikeos, anstatt sein Haus so sorgfältig zu verschließen und den Schlüssel sogar zu verstecken, besser daran getan hätte, zu sehen, ob er seinem Opfer vielleicht helfen könne. Dikeos, wie sich Grigoris später erinnerte, gab darauf eine äußerst vage Antwort, er schien überhaupt keinen Wert darauf zu legen, sich zu verteidigen. Doch während der Gerichtsverhandlung, einige Monate später, kam der öffentliche Ankläger auf das Detail zurück, und er versuchte, Anklage wegen vorsätzlichen Mordes zu erheben, was ja das klare Ziel der Staatsanwaltschaft war. Die Geschworenen, trotz alledem, maßen diesem Punkt keine besondere Bedeutung bei, als sie ihren Spruch verkündeten; sie interpretierten es klar als natürliche menschliche Reaktion, denn das, was der Mörder nach seiner Tat wirklich wünscht, ist, sich selber und seine Habe zu schützen. Dieser Wunsch, übrigens, ist die Ursache der meisten Morde.

So, als er auf dem Bett seines Vaters lag, flog Grigoris ein weiteres Mal durch das kleine Fenster wie die Kugel aus dem Mannlicher-Gewehr. Mit dem Unterschied allerdings, daß er nun weder vorwärts noch in die Höhe flog, sondern hinab in die Zeit, als sein Großvater noch lebte, der alte Grigoris, und sein Vater fort war, auf dem Festland, vom Januar 1914 bis zum März 1916. Damals wurden das Ernten, die Lese, das Sammeln der Johannisbrotschoten und alle bäuerlichen Arbeiten von Hand getan, doch es war, als würden sie im Geist getan. Da sein Großvater den Tag oder die Nacht zu verlängern und zu verkürzen vermochte, blieb stets Zeit für Grigoris, zu schlafen in seinem Bett, aber auch, wenn er aß oder arbeitete. Als aber der Alte von ihrem hohen Johannisbrotbaum fiel, oben beim zweiten Katarakt des Flusses, hörten auch die täglichen Verlängerungen und Verkürzungen der Stunden auf. Manchmal jedoch, wenn die Tage viel länger wurden und die Nächte viel kürzer, oder umgekehrt, und der Organismus ermüdete und die lange Dauer der Zeit nicht ertragen konnte, stieg Grigoris weit hinauf, zum Wasserfall mit dem Johannisbrotbaum, und er saß unter ihm auf dem schwarzen Fels, wo sein Großvater hinuntergestürzt und zerschellt war. Von dort folgte er dem Wasser, manchmal zu Fuß, öfter aber im Geist, und er stieg einen um den anderen die Katarakte hinunter, tief hinunter bis zum kleinen Tal hinter dem Dorf.

Dieser Fluß, der mit reichlich kaltem Wasser entsprang, das er aber auf seinem Weg verlor, zeichnete sich durch folgende Besonderheit aus: Wenn man in ihm watete, konnte man fünf Katarakte sehen, zwei große und drei kleine. Vom Fuß des Berges an gezählt, waren der zweite und der vierte die großen. Folgte man aber dem Fluß im Geist, so entdeckte man, daß die Katarakte zweifach waren, und wenn man sich Zeit ließ, waren sie dreifach, doch der zweite und der vierte waren stets die größten.

Als Grigoris, der den Fluß liebte, am Morgen des Mordes, auf ein solches Geschehnis nicht vorbereitet, vor dem Häuschen im Rebberg Servos fand, rannte er, bevor er ins Dorf lief, um die Familie zu benachrichtigen, in Windeseile zum Fluß, nicht nur, weil er dort in dessen Kühle für ein paar Minuten ruhig und klar nachdenken konnte, sondern hauptsächlich, weil ein blutüberströmter und staubbedeckter Körper den Gedanken an reines, klares Wasser in Fülle wachruft. Er fragte sich im Geist und dennoch sehr konkret, was nun mit Servos und all dem Dreck und dem Blut geschehen sollte. Und als wäre der Fluß sein Großvater, wandte sich Grigoris an alle Arten von Wassern, von gerechten und ungerechten, von heiligen und gewöhnlichen, von mineral-, von schwefelhaltigen, von reinigenden: Wie wird Servos gereinigt und gewaschen, Servos, der Seifensieder, der Seife herstellt und verkauft, Servos, der Seidenspinner, der das Spinnrad für die Seide hat, Servos, der Kerzenmacher, der Bienenwaben einsammelt und Wachs herstellt? Die Antwort kam wieder im Geist und war deutlich: Wir wollen ihn mit seiner Seife waschen, ihn in seine Seide kleiden und mit seinen Kerzen das Kreuzzeichen machen an Füßen, Händen und Mund. Grigoris erhob sich und humpelte ins Dorf.

Sieben Tage nach dem Mord, erschöpft und ohne vier oder fünf Tage und Nächte nur ein bißchen Schlaf gefunden zu haben, fand sich Grigoris wieder zwischen dem großen Katarakt mit dem Johannisbrotbaum und dem Rebhäuschen. Da realisierte er plötzlich, daß er nicht wußte, welcher Tag oder welche Stunde es war, jetzt, wo er ziellos durch die

Hitze ging. Da, um nicht in den tiefen Abgrund zu fallen, der keinen Anfang hat und keine Mitte und in dem der Wind weder von Osten noch von Westen weht, sondern sich von der Höhe hinunterstürzt, und wo, wie der alte Grigoris jeweils sagte, himmlische und irdische Dinge sich vermischen, erfaßte Grigoris mit dem Geist wie auch mit den Händen die sogenannte künstliche Verschmelzung der Zeit. Gerät nämlich ein Mensch in Aufruhr wegen irgendeines Ereignisses und verändert sich der Fluß seines Blutes, der die Zeit mißt und reguliert, so muß er unbedingt die Gegenwart verlassen, verworren und unzuverlässig, wie sie ist, und ein neues Ende pakken, sei's in der Vergangenheit, sei's in der Zukunft. Von dort aus ist er eher in der Lage, die beiden Zeiten zu verschmelzen und heil und gesund in die Gegenwart zurückzukehren. Diese Verschmelzung geschieht natürlich vornehmlich im Geist, es gibt aber auch Fälle, wo jemand die Zeit mit den Händen verschmelzen kann. So war es, als Grigoris seine Hand in die Innentasche seiner Weste steckte und zuerst die leere Patronenhülse berührte und dann Servos' Geld – die Zeit wurde wieder zur normalen Zeit, und er selber saß an einem bekannten Ort, in Sicherheit vor der Hitze des Mittags und vor dem bodenlosen Abgrund der Zeit.

Grigoris fiel auf, daß die Hülse und die Münzen sich bei Berührung nicht so sehr aufgrund der Form unterscheiden, sondern vor allem aufgrund der Wärme der Metalle. Daß die Hülse warm ist, während die Münzen kühl sind. Ist die Hülse zu Beginn ein Stück gewöhnlicher Bronze ohne etwas Besonderes an sich, so erhält das gewöhnliche Metall, ist es zur Hülse gemacht und gefüllt, jene Eigenschaften, die es einzigartig machen. Laut denjenigen, die in diesen Fabriken gearbeitet haben, wird die Bronze zuerst gewaschen und gut von allen Unreinheiten gesäubert. Darauf wird sie bei hoher Temperatur erhitzt, damit sie dicht und gleichzeitig leicht wird. Zu dem Zeitpunkt ist sie weich wie Hefe und leicht zu bearbeiten. Schließlich wird sie in verschiedene Matrizen und Formen gepreßt, und dank der Handfertigkeit der Menschen, aber auch dem unablässigen Arbeiten der Maschinen füllen sich innerhalb kurzer Zeit die Körbe mit fertigen Patronen. Dies ist der Grund, weshalb die Patrone, wie sehr sie auch abkühlt, immer eine ihr eigene Wärme beibehält, welche sowohl die Füllung als auch das Projektil beeinflußt. Dann kann die Bleikugel, wie es geschieht mit den Mannlicher-Kugeln, überzogen werden mit verschiedenen Schichten von sauberem und geprüftem Stahl, so daß sie den menschlichen Körper leicht durchdringt und ohne Spuren verschwindet. Poliert jemand die Kugel und ölt sie leicht ein, was Dikeos zu tun pflegte, so wird die Anfangswärme unverändert beibehalten, und die Wirksamkeit des Geschosses ist garantiert. Man sagt zudem, wenn die

Kugel ein menschliches Wesen töte, nehme die Hülse eine rötliche Färbung an – doch Grigoris hatte in all den Jahren, in denen er Hülsen sammelte, nie das Glück, dieses Phänomen zu Gesicht zu bekommen.

Im Gegensatz dazu bleibt das Metall der Münzen von der Zeit ihrer Herstellung an kühl, gerade wenn es sich um Gold, Silber oder Kupfer handelt. Sehr wahrscheinlich tragen dazu die verschiedenen Abbildungen bei, denn fast immer hat es auf den Münzen geprägte, abgetrennte Häupter verschiedener Gottheiten, Könige, Herrscher oder Tiere. Möglich, daß die Abbildung dieser enthaupteten Wesen die Kälte hervorruft, oder es sind gewisse andere Techniken schuld daran, die während der Prägung und danach während der Zirkulation der Münze zur Anwendung kommen, aber Grigoris, der sorgfältig den König mit dem gezwirbelten Schnurrbart und den halb geschlossenen Augen betrachtete, die antike Gottheit der Feldfrüchte und die des Nachts aktive Eule, die, wie man sagt, andere Schlafgewohnheiten hat, vermochte keine Erklärung für dieses Phänomen zu finden.

Grigoris hingegen, konzentriert auf die Vorgänge des Füllens der Hülsen und der Patronenherstellung, glitt wieder aus der geradlinigen Zeit, die horizontal fließt und die Stunden und die Jahreszeiten bringt, und ihre verschmolzene Einheit zerbrach. Einmal mehr wurde ihm der zerstörerische Einfluß des Mordes auf ihn bewußt und seine eigene Unfähigkeit, die Geschehnisse weit weg zu scheuchen, hinter das Haus, über den Berg, und zu schlafen. Er nahm abermals die Mannlicher-Hülse und Servos' Münzen in die Hand, und irgendwann zwischen dem Mittwoch, dem 8. August, und dem folgenden Dienstag, dem Vortag von Mariä Himmelfahrt, machte er sich auf, zeitweilig zu Fuß, dann wieder im Geist, die Familienangehörigen des Getöteten zu benachrichtigen. In seinem Bemühen, den hingefallenen Mann nicht aus den Augen zu verlieren, ging Grigoris nicht gerade und vorwärts wie normal, sondern er ging verkehrt herum, den Rücken voran. So streifte er die hohen Heckenrosen, und wenig fehlte, als der Weg abfiel, und er wäre auf drei fliehende Eidechsen getreten, jene sonderbaren Eidechsen, jene alten Eidechsen, die, wie man sagt, alt zur Welt kommen und jung sterben. Den Igel aber traf er nicht an, doch es kann auch sein, daß ihn der Anblick von Servos' Kopf in den Reben verwirrte.

Unschlüssig hielt er auf der Hauptstrasse an. Für einen Augenblick dachte er daran, sich nicht nach links, zum Dorf hin, zu wenden, sondern, wo er doch das Geld bei sich hatte, nach rechts, zum Hauptort hin. Er würde zwei Berge übersteigen und die weite Ebene mit den Rebbergen und den abgeernteten

Feldern und den vier Flüssen, die trüb waren und ohne Katarakte und Johannisbrotbäume, durchqueren. Er würde den Hügel sehen mit der Kirche des Gekreuzigten Christus und die Kapelle des Ungläubigen Thomas, der seine Finger auf die Stigmata legt, um glauben zu können; hernach würde er den Hügel mit der Zypresse überqueren und den Ort betreten. Doch dieses Unternehmen würde mindestens sechs Stunden dauern, und die Reben blieben ungelesen, und Servos' bliebe im Staub liegen. Er wandte sich also nach links, zum bekannten Weg ins Dorf, und nachdem er die sieben Kurven gegangen war und die Brücken über die drei trockenen Flüsse überquert hatte, erreichte er atemlos das Haus des Toten. Es war 11 Uhr vormittags, und Grigoris sah Markos, Servos' älteren Sohn, wie er auf der Schwelle hockte, Wassermelone aß und die Kerne auf den Boden spuckte.

Erhitzt vom Laufen und erregt, wie es nur natürlich war bei der Nachricht, die er brachte, bemerkte Grigoris überrascht die Hausfliegen, die Markos umsummten. Merkwürdig war, daß Grigoris sich diese Szene später wieder in Erinnerung rufen konnte, genau nach drei Jahren und drei Monaten, als er Markos sah, wie er das blutbefleckte Messer hielt und flußauf verschwand. Vielleicht stellte er diese Verbindung her, weil er, als er den ersten Messerstich empfing, auf dem schwarzen Fels unter dem

Johannisbrotbaum saß, dort, wo sein Großvater umgekommen war. Er versuchte also, inmitten der Blätter des Baumes jene kleine, schwarze Fliege auszumachen, die den Alten zwischen ihre Beine genommen, ihn hoch in die Luft gehoben hatte und ihn danach hatte auf die Felsen klatschen lassen. Er fragte sich und überlegte, was es wohl sein könnte, das diese allmächtige Fliege angetrieben hatte, den alten Grigoris in den Baumwipfel hinaufzutragen, ihn kopfvoran in die Tiefe zu stoßen und selber nach kurzer Zeit zu sterben, denn Grigoris erinnerte sich gut daran, daß sie damals, nachdem sie seinen Großvater auf einem Esel ins Dorf gebracht und ihn im großen Zimmer seines Hauses hingelegt hatten, in seinen behaarten Nasenlöchern eine schwarze Fliege gefunden hatten, die tot war, verendet, klein, mit starken, goldenen Flügeln wie die der Weinfliege.

Markos jedenfalls saß sorglos da; es war offensichtlich, daß er sich von irgendeiner Feldarbeit ausruhte, denn zu der Jahreszeit stellten sie weder Seife her, noch war die Seide bereit für das Spinnrad. Was die Kerzenmacherei betraf, so interessierte sich, wie Grigoris wußte, Markos nicht dafür, denn diese Arbeit erfordert eine gewisse Kunstfertigkeit. Die Tatsache, daß Markos gewöhnlich ohne Schärpe und ungepflegt daherkam, zeigte, daß Markos Arbeiten suchte, bei denen keine Handfertigkeit vonnöten war, wie das Graben oder das Hacken, und daß er Arbeiten mied, welche die geschickte Hand brauchten, wie das Kerzenmachen oder die Herstellung von Seife. Man sagte, seine Gewohnheit, ohne Schärpe umherzulaufen, habe er damals angenommen, als er noch ein Säugling gewesen sei, denn seine Mutter, Irini, habe nicht gewußt, wie sie das Kind wickeln und es in angenehmer und richtiger Lage in sein Bett legen sollte. Seine Mutter jedoch behauptete, er sei so breit und weigere sich, eine Schärpe zu tragen, weil er nach ihrem Vater, Evtichis Lambrinakis, gehe. Sei dem, wie ihm wolle, als Servos' zweiter Sohn geboren wurde, Evtichis, drei Jahre nach dem ersten, da wickelte ihn Irini sehr fest. So wurde Evtichis schmal, weißhäutig und ziemlich dünn. Nachdem aber sein Bruder den Sohn von Dikeos, dem Mörder, erstochen hatte, im November 1931, begann Evtichis fett zu werden, vielleicht deshalb, weil man in seinem Zuhause immer noch die gleiche Menge zu kochen pflegte – auch wenn Markos auf der Flucht war – und jemand essen mußte, was übrigblieb.

Im Mai 1935 kam Markos, immer noch auf der Flucht, hinunter ins Dorf und stellte sich der Polizei, denn die Dinge hatten sich geändert. Er war damals vierundzwanzig Jahre alt, hatte in den Bergen geheiratet und war Vater eines einjährigen Knaben, der noch nicht getauft war. Evtichis diente zu der

Zeit in der Polizei als Aspirant, und er war noch fetter und bleicher, während Markos dünn und dunkel geworden war. Da geschah etwas Merkwürdiges, etwas beinahe Unglaubliches, das Grigoris natürlich nicht mehr erlebte, da er tot war – dennoch handelte es sich zweifellos um die Wahrheit. Markos, so erzählt man, ging zur Polizei und stellte sich, denn die neue Regierung garantierte den kriminellen Flüchtlingen aus politischen Gründen Straffreiheit. Der Zufall wollte es, daß Evtichis bei dem Detachement Dienst tat, dem sein Bruder sich stellte. Markos, hatte er sich auch sonst in vielem verändert, ging immer noch ohne Schärpe, und aufgrund der Abgezehrtheit seines Körpers drohte ihm die Hose über den Hintern zu rutschen. Evtichis erkannte den Flüchtling sogleich, Markos jedoch hatte große Mühe zu glauben, daß er seinem Bruder in die Hände gefallen war. So oder so, nachdem Markos formell amnestiert worden und in sein Dorf zurückgekehrt war, begann sein Körper wieder zur alten Gestalt zu finden, und als er nach vier Monaten seinen Sohn, Manolis, taufte, hatte er bereits deutlich zugenommen.

Nun aber war Markos noch ein junger Bursche, siebzehn Jahre alt, und er hatte keine Ahnung von dem, was in den nächsten Jahren geschehen würde. Noch wußte er natürlich, was sich ein paar Stunden zuvor zugetragen hatte, als sein Vater durch Dikeos' Rebberg gegangen war. Und Grigoris dachte sich, es wäre besser, wenn zuerst die Frau des Getöteten eine solche Nachricht erführe und danach der Rest der Familie. Er fragte also Markos, wo seine Mutter sei, Irini die Große, wie man sie nannte – nicht weil sie wirklich großgewachsen war, sondern weil sie selbst es glaubte.

Tatsächlich behauptete Irini, welche die zweite Frau von Servos war, kaum war sie als Braut aus einem anderen Dorf gekommen, alle in ihrer Sippe seien großgewachsen und das treffe auch auf die meisten anderen in ihrem Dorf zu. Dies machte natürlich Eindruck, weil weder Irini noch einer der anderen, die sie begleiteten, großgewachsen war – ein unbestechlicher Richter hätte mit Fug und Recht sogar das Gegenteil sagen können. Bei Servos' zweiter Hochzeit war Grigoris neun Jahre alt, und er erinnerte sich, wie er in die Kirche ging, zusammen mit den beiden Töchtern des Bräutigams aus dessen erster Ehe, mit Georgia, der älteren, und mit Agapi. Er war übrigens auch mit ihnen zusammen zur Beerdigung ihrer Mutter gegangen, der ersten Irini, die 1908 an einem Blutsturz gestorben war. Damals war Grigoris sieben, Georgia sechs und Agapi vier Jahre alt. Und es geschah, als man die Tote durchs Portal des neuen Friedhofs trug, daß ein wenig Blut aus dem Sarg tropfte, da, wie es schien, Irini nach ihrem Tod weiterblutete. Nach der Beerdigung spielten Grigoris und Servos' Töchter Fangen im Hof. Grigoris versuchte Agapi, der kleinen, nachzulaufen; Georgia aber erwischte er nicht, die ihm »Hinkebein« nachzurufen pflegte, da er ein Hinkebein war.

Markos erwiderte auf Grigoris' Frage, wo seine Mutter sei, seine Mutter sei drinnen und knete Teig, und seine Schwestern fütterten die Seidenraupen, und Evtichis sei bei den Hühnern oder sammle Krebse im Fluß. Sein Vater sei wohl entweder in ihren Reben oder auf ihren Feldern oder bei ihren Bienen, es könne aber auch sein, daß er irgendwo eingeschlafen sei. Zu dieser letzten Bemerkung hätte Grigoris einwenden können, Servos sei weder auf den Feldern oder in den Reben oder bei den Bienen, noch schlafe er, sondern er liege auf dem Bauch, hingestreckt im Staub des Wegs in seinem Rebberg, die Eingeweide auf dem Boden und den Kopf in den Reben. Dort sei er, und dort würden sie ihn finden. In der Sonne und im Staub. Er zog es dennoch vor zu schweigen, da er merkte, daß er, bei seiner Müdigkeit und vor allem nach der Schlaflosigkeit so vieler Tage und Nächte, nicht in der Lage wäre, Markos all die Informationen zu geben, die dieser von ihm fordern würde. So zog er sich, aufrecht, wie er stand, zurück, in ihren Rebberg, und setzte sich aufs Bett seines Vaters, hoffend, es war der Vortag von Mariä Himmelfahrt, auf ein wenig Schlaf.

Grigoris, der seit dem Mittwoch, dem Tag des Mordes, nicht geschlafen hatte, führte dies auf den Einfluß und die Veränderungen, die ein Mord bewirkt, zurück, aber auch auf die Beschwerden eines Menschen, der Haus und Bett wechselt. Tatsächlich ging er am Abend des Mordtags in Servos' Haus und hielt Totenwache, am folgenden Abend, als bereits ruchbar geworden war, daß Dikeos die Tat begangen hatte, ging Grigoris zum hohen Johannisbrotbaum beim zweiten Katarakt, stieg auf den Baum, von dem der Alte auf den Fels gestürzt war, und von dort oben studierte er all die Sternbilder der Welt – der sogenannten sichtbaren wie der unsichtbaren. In der Nacht auf Freitag, auf Samstag, auf Sonntag und auf Montag, den 13. August, sein Vater war immer noch auf der Flucht, ging Grigoris in Dikeos' Bett schlafen, und vielleicht schlief er sogar ein paar Stunden. Gemessen an seinen Maßstäben jedoch, war der tatsächliche Schlaf etwas, das in all diesen Tagen nicht kam. Er glaubte sogar fest, daß er sich nun schon eine ganze Woche im Zustand dessen befinde, was Schlaf außerhalb des Auges genannt wurde oder, wie man es anders kannte, Schlaf der Rinder.

Die Art der Rinder zu schlafen, normal und in der natürlichen Ordnung für die Tiere, ist gefährlich und manchmal todbringend für den Menschen. Der Mensch schließt die Augen und er scheint zu schlafen, aber sein Schlaf ist außerhalb seiner Augen. In diesem Zustand hört er, riecht er und sieht er alles um sich ganz genau, und er kann sogar durch Häuser, durch Bäume und Erdschichten oder auch durch seinen eigenen Körper sehen und jeden Ton und jedes Geräusch hören, nicht nur die lauten, sondern auch die Schritte der Eidechse zum Beispiel, das Wachsen der Blätter oder das Wiederkäuen der Seidenraupen.

Besonders dieses Geräusch, das Wiederkäuen der Seidenraupen, hörte Grigoris deutlich, als er die ganze Nacht wach an Servos' Totenbett saß, wenn Agapi ins Zimmer der Seidenraupen ging und diese fütterte. Grigoris aber hatte nichts für Seidenraupen übrig. Natürlich geben die Raupen seidenen Faden, und der Faden wiederum gibt Geld, aber sie kriechen so gefräßig über die Äste der Maulbeerbäume oder über die Rahmen, und sie sind schrumplig wie die Eidechsen. Man sagt, wenn ein Mann sich auf den Rahmen eines Seidenraupengeheges lege und einschlafe, die Raupe habe die Kraft und die Gier, ihn zu verschlingen. Die Dunkelheit hilft da wahrscheinlich mit, denn es ist bekannt, daß die Seidenraupe die Dunkelheit liebt, aber den Lärm und den männlichen Menschen haßt. Die Raupen, die alle weiblich sind, die gebären und weben, merken sich den Menschen, der sie füttert, und wenn sie das Rascheln des Rocks und den Geruch der Frau nicht wahrnehmen, erheben sie sich und kommen aus ihrem Rahmen heraus, verlassen den Raum, in dem sie genährt werden, und fallen über das Gras der Erde her und fressen Menschen und Tiere. Wenn jedoch eine Frau, barfuß, damit sie keinen Laut verursacht, wie zum Beispiel Agapi, in den dunklen Raum kommt und die Raupen füttert und hegt, so werden diese nicht nur ruhig und zahm, sondern sie schlafen ein, und schlafend wachsen sie heran. So waren an dem Tag, als Dikeos bei den weit entfernten Johannisbrotbäumen – welche er als seine eigenen in Anspruch genommen hatte nach der Entlassung aus der Armee – aufgegriffen wurde, Agapis Raupen zum vierten und letzten Mal eingeschlafen.

Dies ist der Zeitpunkt, zu dem die Raupe zu kriechen aufhört und wie Glas zu werden beginnt, eine Art gläserne Frucht auf den trocken gewordenen Blättern des Maulbeerbaums. Dort, während sie ihren Schlaf schläft in Ruhe und Dunkelheit, beginnt sie nach einem Ende ihres seidenen Darms zu suchen, und sie entwickelt ihn von innen nach außen. Und wenn die Raupe gut genährt ist – worauf Agapi stets achtete –, so macht sie rund um ihren Körper ein Kreuz aus seidenem Faden und sieht dann aus wie ein eingehüllter Leichnam. Natürlich ist die Seidenraupe geschickter und beharrlicher als die, welche die Toten einhüllen. Was jedoch am wichtigsten ist: Die Seidenraupe ist niemals in Eile, niemals unwillig und auch nicht in Trauer. Was sie auch tut, es ist immer eigennützig, und ihre einzige Beschäftigung besteht darin, sich noch schöner zu machen. So verstreichen drei Tage, und die Seidenraupe webt und hüllt ihren Körper ein, und sie scheidet einen Goldfaden aus, mal aus dem Maul, mal, aus Gründen der natürlichen Harmonie, am hinteren Ende. Und dennoch ist nicht bekannt, eine Sache, die Grigoris sehr beschäftigte, ob die Seide in der Raupe selbst gewoben wird, ob sie Sekret des Geistes ist.

Da wurde Grigoris, der zu Servos' Haus zurückkam und von neuem Markos fragte, wo seine Mutter Irini sei, etwas bewußt, was ihm über Jahre nicht aufgefallen war: Servos hatte zwei Frauen mit dem gleichen Namen geheiratet. Als erste Irini Dikeakis aus der Sippe von Dikeos und dann Irini die Große. Was ihm aber keineswegs widersinnig oder auch nur merkwürdig vorkam, da er sich dachte, daß die Menschen immer das finden wollen, was sie verloren haben, und da Servos seine erste Frau verloren und sich gewöhnt hatte an den Namen Irini, den Kopf Irini, den Körper Irini, war es für ihn schwierig, das zu ersetzen. Grigoris dachte sogar, während er sich an das Gitter des kleinen Fensters lehnte, daß, wenn er selber heiraten und seine Frau sterben sollte, sei's bei der Geburt oder sei's an einem Blutsturz, und wenn er sich nochmals verheiraten sollte, so würde er eine Frau aussuchen, die den gleichen Namen hätte wie die erste. Doch als Irini die Große erschien, Teig an den Händen und auf der Schürze, vergaß Grigoris, was er sich soeben über die zweite Heirat zurechtgelegt hatte, und hätte die Frau ihn nicht gefragt, was er wolle, hätte er vielleicht sogar den Grund für seinen Besuch vergessen.

So hörte Irini, ihr Mann liege in der Hitze der Mittagssonne und im Staub, und sie war sehr verwundert, nicht in erster Linie wegen der verworrenen und unzusammenhängenden Worte von Grigoris, sondern vor allem deswegen, daß Servos, statt wie gewöhnlich auf dem Feld zu arbeiten, in einem fremden Rebberg schlief. Grigoris sah sich gezwungen, genauer zu werden, und er scheint eine detailliertere Beschreibung von Servos' Zustand gegeben zu haben: der Kopf in den Rebstöcken, der bleiche Mund, die schwarze Fliege und die aufgegangene Schärpe, getränkt von Blut und Galle. Obwohl Irini genau verstand, was sich zugetragen hatte, ging sie sonderbarerweise gar nicht auf das Wesentliche an der Sache ein, sondern sie sagte, was Grigoris sage, habe keinen Sinn und sei auch nicht die Wahrheit, denn in einer Woche, am Mittwoch, sei Mariä Himmelfahrt, und das Fasten und die Trauer seien zu Ende, was bedeute, daß kein Platz sei für Leichname und Tränen. Und schließlich sei Servos nun Kirchenvorsteher, und er sei es, der all die Kerzen mache. Er kaufe die Waben in der ganzen Gegend und gewinne selber das Wachs daraus, ein reines Wachs, welches das Haus mit Wohlgeruch fülle, er tue es in irdene Schalen, und dann gieße er die Kerzen. Auch die Kapelle der Heiligen Marina, neben Grigoris' Johannisbrotbaum, weit oben beim zweiten Katarakt, habe ihr Gemahl mit Wachs umspannt. Auch die Kirche der Heiligen Paraskevi im Tal habe er selber umspannt. Seine Kerzen seien vielleicht nicht von erstklassiger Qualität, doch sie seien gleichmäßig und dicker als jene, die es im Handel gebe, und deshalb würden sie auch länger brennen. Und wer denn schmelze die Reste von den Kerzen, den gelben oder den weißen, und gieße sie neu? Servos!

Dieses Argument – Schmelzen der ausgelöschten Kerzen, Gießen der neuen, Servos' Sparsamkeit, der als Kirchenvorsteher darauf schaute, daß die Kerzen möglichst wenig angezündet wurden, damit kein Material verlorenging und sie mit geringstem Verlust wiederverwertet werden konnten, dafür mit Reingewinn für die Kirche – wiederholte Irini in einem fort während drei Tagen, das heißt am Mittwoch, am Donnerstag und am Freitag. Gelegentlich fügte sie noch die Einzelheiten über die Kirchweih und die Umspannung mit Kerzen der Doppelmärtyrerkirche des Heiligen Georg und des Heiligen Dimitrios, der Kapellen oberhalb des zweiten Katarakts und derer drunten im Tal und in der ganzen Umgebung und im ganzen Universum hinzu, im sichtbaren wie im unsichtbaren. Am Samstag, dem 11. August, wachte Markos früher auf als gewöhnlich; er ging ungewaschen in den Hof, ohne Schärpe und barfuß, und rief, damit ihn seine Mutter, seine Schwestern, sein Bruder, die Nachbarn und alle Einwohner des Dorfes vom einen Friedhof bis zum anderen und noch weiter bis zum Rebberg von Dikeos hörten, wenn er nicht den Mörder töte, so werde er seinen hinkenden Sohn töten, der sich an den Flüssen und in den Rebbergen verstecke und sich fürchte, in sein Dorf zurückzukehren und dort zu schlafen. Grigoris aber hörte von dieser Drohung nichts bis zum Mittag des 15. August, des Fests von Mariä Himmelfahrt, als er aus einem langen Schlaf erwachte. Doch er war keineswegs beunruhigt, noch traf er irgendwelche bestimmten Vorkehrungen, er kam einfach nicht ins Dorf. Diese Gleichgültigkeit von Grigoris und das Ausbleiben jeglicher Vorsorge für seine Sicherheit war nicht nur darauf zurückzuführen, daß Dikeos bis zu diesem Zeitpunkt nicht gefunden worden war und Markos sich folglich immer noch zwei Möglichkeiten offenhielt, sondern hauptsächlich darauf, daß Grigoris glaubte, auch wenn der Mörder gefaßt und verurteilt und ins Gefängnis geworfen würde, so bestünde keine Gefahr von seiten Markos'. Und auf jeden Fall würde Markos mindestens siebenundzwanzig Jahre benötigen, um seine Drohung in die Tat umzusetzen.

Dikeakis wurde zu vierzehn Jahren Haft verurteilt, da während des Prozesses eine große Unklarheit wegen des Motivs für den Mord entstanden war. Doch im zweiten Jahr seiner Haft starb der Mann im Alter von 53 Jahren an der Metallkrankheit. Als die Nachricht das Dorf erreichte, im Juni 1930, befand sich Grigoris im Rebberg und jätete Unkraut. Weder er noch sonst jemand in der Umgebung wußte jedoch etwas von der Metallkrankheit – bis zu dem Tag, als irgendein Hausierer, der von Servos Bienenwaben zu einem spürbar höheren Preis zu kaufen pflegte, im Rebberg auftauchte und Dikeos' Sohn über diese Krankheit aufklärte. Der Hausierer stellte sich Grigoris als Bekannter und Mithäftling von Dikeos vor, er sei aus politischen Gründen im Gefängnis gewesen aufgrund der Bestimmungen des Sondergesetzes von 1929, das der strengen Regierung Veniselos' von 1928 entsprungen war. Grigoris aber wollte vor allem etwas über den Tod seines Vaters erfahren, und zumindest beim ersten Besuch des Hausierers im Rebberg legte er weder sonderlich Wert auf die Gesetze von Veniselos noch auf die durchlittenen Qualen seines Besuchers, der vor kurzem aus dem Gefängnis entlassen worden war. So nahm er nur auf, was ihn interessierte, besonders da die Erzählung des Hausierers in einer Mischung aus politischer Theorie und Deutung von Dikeos' Tod versandete. Daß nämlich viele Menschen, die einander weder kennen würden noch verwandt seien, sobald sie an einem geschlossenen Ort zusammen wären, wie im Gefängnis zum Beispiel, gewöhnlich an der Metallkrankheit stürben, die auch Metalldurst genannt werde. Denn die Menschen, die ihr Leben mit ihren Arbeitsgeräten verbracht hätten wie der Harke, der Sichel, der Pflugschar, dem Gertel, dem Messer und der Gabel oder ihrer Waffe, seien das Metall gewohnt. Daß im Gefängnis alles aus Holz sei oder aus Ton und daß der Mensch, in diesem bestimmten Fall Dikeos, nichts Metallenes in seiner Nähe habe. Nun, Dikeos habe, seit seiner Entlassung aus dem Dienst, die Gewohnheit gehabt, auf dem blanken Metall seines Mannlicher-Gewehrs und den polierten Kugeln zu schlafen, und dies mache seinen Fall noch beispielhafter. Der Häftling sei grün und gelb geworden wie Kupfer, wenn es zu oxidieren beginne, sein Fleisch sei ausgetrocknet, ganz faserig geworden, das Innere seines Körpers habe sich zersetzt, und er habe sämtliche Flüssigkeit verloren, bevor er gestorben sei. Grigoris fragte den Hausierer, ob ein Gefangener, der eine Münze aus Gold, Silber oder Kupfer auf sich trage, auch an diesem Leiden erkranke, doch die Antwort war so verworren und unklar, daß er nicht verstand, ob der Hausierer ja oder nein gesagt hatte.

Genauso verworren und unklar war die Situation rund um Servos' Körper am Mittwoch mittag, dem Mordtag, als sich Irini die Große, Markos, seine jüngere Schwester Agapi, die meisten Nachbarn, ziemlich viele Verwandte, vielleicht der größte Teil des Dorfes, Leute aus den zwei Siedlungen im Tal und vierzehn große Männer aus Irinis Dorf und Grigoris um Servos versammelten, die einen zu Fuß, die anderen im Geist. Evtichis, der im Fluß watete und vertieft war in seine Beschäftigung, Krebse zu sammeln, erfuhr die Neuigkeit drei Stunden später, als er zu seines Vaters Haus zurückkehrte und seinen Vater ausgestreckt in der Mitte des großen Raums fand, gleich neben dem Zimmer mit den Seidenraupen. Georgia wiederum hatte sich nicht auf die Straße getraut, war nicht in die Hitze hinausgegangen, sondern drinnen geblieben und hatte das Haus hergerichtet. Grigoris kam, wegen seines Beins, als letzter in ihrem Rebberg an und zählte im Geist und mit dem Finger die Leute, und er überlegte, daß, falls man den Toten nicht sehr bald von dort wegtrüge, mit Sicherheit ein Teil des Rebbergs zerstört würde, so unachtsam, wie die meisten sich durch die Reben drängten. Nach kurzer Zeit begannen dennoch viele, davonzulaufen und zu ihren Arbeiten zurückzukehren, denn es war heiß, und Irini heulte sehr laut und zählte unablässig die Kerzen, die Kerzenspenden und die Umspannungen der Kirchen auf, und in einem fort redete sie über die Einnahmen der Kirchengutsverwaltung, die gestiegen waren in den Monaten, wo ihr Mann Vorsteher gewesen war, nämlich vom Januar bis zum August. Die Tatsache, daß ein Erschossener nach kurzer Zeit aufhört, das Interesse auf sich zu ziehen, und daß im Gegenteil die Fragen nach dem Mörder und nach den Gründen für den Mord sich häufen, bestätigten sich auch im Fall von Servos.

Die Verwaltung, informiert über das Vorkommnis, schickte aus dem benachbarten Dorf, dem Hauptort der Provinz, ein Detachement, bestehend aus einem Wachtmeister und drei Gendarmen, das sich die Sache aus der Nähe ansehen und die Angelegenheit bereinigen sollte. Die Gendarmen erreichten den Ort des Verbrechens am frühen Nachmittag, als Servos bereits in der Kühle seines Hauses lag. Sie durchforschten den Ort ringsum, markierten die Blutspuren auf dem Erdboden und verboten den Durchgang, bis die Nachforschungen abgeschlossen seien. Danach maßen sie strahlenförmig verschiedene Distanzen, wozu sie einerseits Servos' Blut, andererseits Dikeos' Häuschen als Mitte nahmen; sie stiegen aufs Dach, kletterten auf alle Bäume im Rebberg und gelangten, robbend und hüpfend, zum abgeernteten Feld, zum Zaun mit den wilden Rosen und schließlich zum Abhang, der zur Straße hinaufführte. Nach zwei Stunden verkündete der Wachtmeister, Servos sei vom Zaun aus erschossen worden, als er den Pfad im Rebberg überquert habe und Richtung Dorf gegangen sei. Rein zufällig sei er zum Haus hin gefallen, da jemand, der in den Bauch getroffen werde, gewöhnlich auf der Stelle eine Drehung um 180 Grad mache, das heißt, er kehre sich um. Sei aber der Mann, der getroffen werde, kräftig, so könne die Drehung auch 360 Grad betragen. Weil also Servos, wie die Spuren auf dem Boden gezeigt hätten, ein wenig nach rechts gefallen sei, das heiße, sich um etwa drei Viertel gedreht habe, schloß der Wachtmeister seine Ausführungen, sei er von sehr kräftiger Statur gewesen. Diese Folgerung hob das Ansehen des Kommandeurs in beträchtlichem Maße, denn der Tote war zu Lebzeiten von großer und kräftiger Statur gewesen. Er hatte zweimal geheiratet, im Laufe von acht Jahren, von 1916, wo er aus der Miliz von Veniselos entlassen worden war, bis 1924, viele Kinder gezeugt, vier lebten noch, drei waren gestorben, hatte sein Haus zweimal ausgebaut, auf seinen Feldern und in seinen vier Rebbergen gearbeitet, Seife, Kerzen und Seide hergestellt und war, nach allgemeiner Ansicht, der beste Erbauer von Brennöfen für Holzkohle oder Kalk gewesen. Die Seife und die Seide hatten jedoch seine Töchter übernommen, seine Söhne die Rebberge und die Felder, und Irini die Große zog und goß die Kerzen vorsichtiger und feiner als ihr Gemahl. Dieser baute Brennöfen und war äußerst engagiert im Kirchenrat.

Worin Servos aber hauptsächlich hervortrat, war erstens sein Kapital, das heißt das Bargeld, welches ein Mann mit sich trägt und offen oder heimlich ausleihen kann, und zweitens, daß er Ortsvorsitzender der Liberalen Partei war, welche zu jener Zeit das Land regierte. Im Häuschen im Rebberg fragte sich Grigoris erneut, ob wohl zwischen dem Mord an Servos und den Wahlen, die am nächsten Sonntag, dem 19. August, stattfinden sollten, ein Zusammenhang bestehe, doch einmal mehr kam er zu keinem endgültigen Schluß. Denn der Mörder gehörte genauso wie auch der Ermordete derselben politischen Partei an, obwohl Dikeos gewiß nicht Servos' tatkräftige Gönnerschaft genoß, und kein wesentlicher politischer Gewinn konnte den Mord rechtfertigen – der Zustrom zur Liberalen Partei war so stark, daß keine Kraft imstande schien, ihn aufzuhalten.

Darauf pochte übrigens auch Dikeos gleich nach seiner Festnahme. Zwei Tage vor den Wahlen, am 17. August ganz genau, die Gedächtnisfeierlichkeiten am neunten Tag nach dem Tod des Mannes waren bereits abgehalten, informierte irgendein Dorfbewohner den Wachtmeister, der vor einigen Tagen geschickt worden war, um den Mord aufzuklären, und der sich immer noch im Dorf aufhielt, um vor den Wahlen für Ordnung und Sicherheit zu sorgen, der Mörder verberge sich in einer Hütte an der linken Flanke des Berges, gleich neben den von ihm annektierten Johannisbrotbäumen. Obwohl sich bis dahin ähnliche Informationen als falsch herausgestellt hatten und sogar die Hütte und die ganze Umgebung dreimal durchsucht worden waren, konnte der Wachtmeister den Informanten nicht gut ignorieren, und so umzingelte er mit seinem Detachement am Samstag, dem 18. August, zwei Stunden vor Tagesanbruch Dikeos' Schlupfwinkel. Eine Stunde später kam der Gesuchte aus der Hütte, unbewaffnet, und löste die Schärpe, um sich zu erleichtern. Dikeos ließ sich widerstandslos festnehmen, und man brachte ihn geradewegs zum Tatort, um den Hergang zu rekonstruieren. Da an jenem Tag das politische Klima verständlicherweise von den bevorstehenden Wahlen geprägt war, fragte der Wachtmeister, der ursprünglich von der Peloponnes stammte, ob die Tat politische Motive habe. Dikeos, etwas ratlos, verneinte. Genauso verneinte er, und sogar mit einem gewissen Unwillen, wie Grigoris bemerkte, der zugegen war und der den Charakter seines Vaters kannte, als er gefragt wurde, ob er den Getöteten nach Geld durchsucht habe. Er erklärte, sicher habe er, wie alle Bewohner des Dorfes, gewußt, daß Servos stets, auch auf dem Feld, Geld bei sich getragen habe, und dies bedeute Bargeld, aber er schieße nicht wegen Geld. Daß ihm so etwas nie in den Sinn gekommen sei und daß der Schuß zufällig gefallen sei, und vielleicht habe sich alles auch während er geschlafen habe abgespielt, wie er gehört habe, daß sich jemand dem Haus nähere.

Diese Beharrlichkeit von Dikeos, aber auch das Fehlen jeglicher hilfreicher Aussage über die Richtung, in der Servos gegangen war, als er erschossen wurde, bewirkten, daß der Kommandeur des Detachements sich noch mehr darauf versteifte, daß der Schuß vom Zaun her abgegeben worden war und nicht vom Fenster des Häuschens. Dikeos behauptete vielmehr, Servos sei aufs Haus zugekommen und aus diesem Grund in diese Richtung gefallen und die Kugeln des Mannlicher-Gewehrs seien menschenfreundlich und er habe mitten im Schlaf geschossen, ohne zu erkennen, wer der Mann sei, und ähnliches mehr. Doch da ihn niemand nach Darlehen und Zinsen fragte, hatte Dikeos keinen Anlaß, auf diese Punkte einzugehen, wo doch Servos stets im geheimen Geld verliehen hatte, und immer zu rechten Zinssätzen. Genauso schweigsam blieb Grigoris, als man nach Geld und nach der verschwundenen Hülse fragte. Da sein Vater anwesend war, gab er, wie bei den zwei vorangegangenen Befragungen, eine negative Antwort. Vor allem in bezug auf die Hülse war der Wachtmeister besonders beharrlich, und es kam sogar zum Vorschlag, im Laufe der Rekonstruktion Rebe für Rebe, Rosaki und Sultaninen, den Weinberg abzusuchen, der inzwischen abgeerntet worden war. Schließlich aber, nach reiflicher

Überlegung, kam der Wachtmeister von seinem Plan ab und betrachtete die Sache mit der Hülse als gelöst, indem er für sich entschied, daß im Falle, wo die Hülse rechts oder links des Wegs gefunden würde, es schwierig wäre, eine genügend genaue Erklärung über Servos' Drehung vor seinem Fall zu geben. Das Argument, der Tote sei von kräftiger Statur gewesen, konnte umgeworfen werden – und so beschloß der Wachtmeister, die Resultate der ersten Untersuchung nicht aufs Spiel zu setzen und zum zweiten und letzten Mal, gestützt auf die Rekonstruktion, festzustellen, Servos sei vom Zaun aus erschossen worden – frontal.

Grigoris jedoch war anderer Ansicht, er war einer Meinung mit seinem Vater. Am Mittwoch des Mordes jedenfalls kannte er dieses Detail nicht, besonders da auch der Mörder noch unbekannt war. Was ihm an jenem Tag auffiel, war, daß er fünfmal zum Rebberg kam und wieder ins Dorf zurückging, und jedesmal zu Fuß. Am Abend der Totenwache, neben dem Raum mit den Seidenraupen und gegenüber von Agapi, ging er weitere fünfzehn Mal zu ihrem Rebberg, doch da nur im Geist. Am Mittag aber marschierte er ein jedes Mal tatsächlich. Das erste Mal fand er Servos, der, erstickt an seinem Blut und an seinen Magensäften, inmitten der unablässig schwirrenden Fliegen leblos dalag. Das nächste Mal war mit der Frau von Servos, mit Markos, Agapi und weiteren dreißig Personen, jedoch ohne Evtichis und Georgia. Evtichis sammelte Krebse im Fluß, und aus diesem Grund kam er nicht zum Rebberg, Georgia war zu Hause, als Grigoris die Nachricht über ihren Vater brachte, aber sie weigerte sich, auf die Strasse zu gehen, da sie sich ihres Hinkens schämte.

Servos' ältere Tochter hinkte, weil ihr der Seifenbottich auf den Fuß gefallen war, im September 1922, sie war damals zwanzig Jahre alt gewesen. Nach der Kleinasiatischen Katastrophe waren nämlich im Dorf, zusammen mit den Soldaten, die überlebt hatten und zurückkehrten, sechs Flüchtlingsfamilien angekommen. Zu dieser Zeit stiegen alle Preise an, weil das Geld um die Hälfte abgewertet wurde und die Produktion spürbar schwächer war. Der Preis für ein Stück Seife stieg um dreißig Drachmen, und in der Hast des Siedens neigte sich der Bottich und kippte auf Georgias rechten Fuß. Es gelang Georgia, den Bottich zu halten, und so wurde größerer Schaden vermieden, doch bis man herbeigerannt war, um sie zu befreien, war es um ihren Fuß bereits geschehen. Danach stritten sich die drei Heiler des Dorfes, ob man den verletzten Fuß in Gips oder in Schienen legen oder ihn mit Mull und Schafwolle umwickeln sollte. Schließlich kamen sie überein, die drei Methoden zu vereinen und die neue Erfindung am verletzten Fuß zu erproben. Georgia ging nach drei Monaten wieder, doch sie hinkte, und da sie von klein auf gewohnt war, nur mit den Füßen zu gehen und zu laufen, schämte sie sich, auf die Straße zu treten und zu hinken – sie wußte ja nicht, wie sie im Geist gehen sollte.

Grigoris verließ die Menge, die sich in ihrem Rebberg angesammelt hatte, und ging zu Fuß weg, um den Esel zu holen, damit sie den Toten abtransportieren konnten, denn keinem der Anwesenden kam dies in den Sinn, und es war ohne weiteres möglich, daß Servos den ganzen Tag dort liegenblieb – mit absehbaren Folgen für den Rebberg und für ihn selber. So war beim vierten Mal, wo er zum Häuschen zurückkehrte, am Nachmittag, zusammen mit dem Detachement, Servos' zwei Söhnen und ein paar Verwandten, die Örtlichkeit sauber und ruhig. Evtichis war barfuß und hatte sich sehr beeilt, den Ort zu sehen, an dem sein Vater aufgefunden worden war, und der Wachtmeister schrie ihn an, er solle Geduld haben und die Spuren nicht zerstören. Evtichis, der ein paar Jahre später Gendarm werden sollte, gehorchte und bremste seinen Schritt, Grigoris aber dachte sich das Seine über die Spuren, waren doch so viele Leute im Rebberg umhergetrampelt. Dennoch zog er es vor, kein Wort zu sagen in Anwesenheit des Vertreters der Macht, da sein Vater, der vor der Spaltung in der Gedarmerie Dienst getan und die Dinge gekannt hatte, immer wieder gesagt hatte, nur wer Unrecht erlitten habe, solle zu einem Polizisten oder einem Offizier sprechen. Der Schuldige nämlich könne seine Lage nur noch verschlimmern, in Schwierigkeiten sei er sowieso. Wer wiederum unschuldig sei, der finde niemals sein Recht, wenn er das Wort an einen Polizisten richte, aber er könne mit einem Ja oder einem Nein antworten, dies aber nur, wenn er gefragt werde. Und alle, die mit der Angelegenheit nichts zu tun hätten, nur zufällig anwesend seien, sollten immer schweigen angesichts der Macht, weder ihre Gefühle sollten sie zeigen noch Partei für irgend jemanden ergreifen. Dennoch, wie Grigoris einige Tage nach der Rekonstruktion feststellen konnte, verfolgte sein Vater diese Taktik nicht bis ins letzte, da er, obwohl er sich durch den Mord ins Unrecht gesetzt hatte, nicht redete, wie es sich gehörte, sondern sich aufs Hauptsächliche beschränkte.

Als Grigoris am Mordtag zum letzten Mal in ihren Rebberg kam, war es abends um acht. Am Himmel und auf der Erde war noch Licht, obwohl die Sonne bereits hinter den Bergen im Westen versunken war. Beim Aufstieg, kurz vor den wilden Rosen, hielt Dikeos' Sohn an; die Kühle des Berges erreichte ihn. Er setzte sich auf einen Stein und starrte nach Süden. Er konnte das Dorf sehen, zwei, drei Hügel, das Tal und im Hintergrund die langgezogene Bergkette, die den Bezirk begrenzte und den kosmischen

Trichter formte. Diesen Trichter konnte Grigoris vom Grund bis zur Spitze durcheilen, Runde um Runde, und immer im Geist. Nie wäre es ihm möglich gewesen, mit den Füßen die Berge einen nach dem anderen abzulaufen, an ihrem Fuß beginnend und sich bis zum Gipfel hinaufwindend. Selbst wenn er es gekonnt hätte, wie wäre er imstande gewesen, die Grate unter sich zu lassen und mit den Füßen Runde um Runde in der Luft zu gehen und schließlich im Himmelsgewölbe anzulangen? Mit dem Auge wiederum vermochte er hoch in die Höhe zu steigen, aber, wie es ihm sein Großvater erklärt hatte, das Auge sieht, was sichtbar ist, es braucht viel Licht und starke Sehkraft. Aus diesem Grund also ist der unfehlbarste Weg der Weg der Vorstellungskraft, die langsam vorankommt, aber weithin und sicher. Diese Art und Weise heißt auch Weg der seidenen Leiter, und der Mensch, der ihm folgt, hängt an ihm wie eine Spinne, er klettert bis ins Himmelsgewölbe und lustwandelt in den sieben Sternbildern und den reichen Wassern der Milchstraße. Da nun aber Servos der einzige Dorfbewohner war, der über die Möglichkeit verfügte, eine seidene Leiter – und sogar mit bestimmter Höhe und Breite – zu weben, fragte Grigoris seinen Großvater mit der Direktheit und Naivität eines Kindes, ob der Seidenspinner größere Chancen habe als all die andern, ins Himmelsgewölbe hinaufzusteigen. Die Antwort, die der Alte gab, entsprach gar nicht der, die Grigoris erwartet hatte; sie war weder geradeheraus noch indirekt oder sinnbildlich, was Grigoris außerordentlich befremdete. Nun, am Abhang des Rebbergs, auf dem warmen Stein sitzend, während neben ihm die verspäteten Eidechsen in einem Meter Höhe umherliefen, überlegte er, daß, damit jemand eine Leiter aus Seide herstellen könnte, die bis zum ersten Sternbild reichte, zwei oder drei Leben eines Servos vonnöten wären, Tausende von Maulbeerbäumen mit breiten Blättern, die Raupen nicht nur eines Raumes, sondern von zumindest fünfzig oder sechzig Räumen zu füttern, und ebenso viele Frauen, mit Agapi als Oberhaupt, welche die Raupen umsorgten und in den Schlaf sängen. Ein solches Unternehmen aber könnte enormen Gewinn abwerfen und beträchtliches Kapital einbringen – und es war zweifelhaft, ob man so viel gute Seide aufwenden würde, nur um Himmelsleitern zu weben.

Während er über all dies nachsann, ging er am Zaun mit den wilden Rosen vorbei, und ohne auf Tote oder Lebende zu stoßen, bog er auf den Rebweg ein. Dort, genau in dem Augenblick, wo er den Schlüssel unter dem Stein hervorzog, wunderte er sich zum erstenmal über die Abwesenheit seines Vaters und über das zugesperrte Haus. Zur gleichen Zeit, hoch oben auf dem Berg, neben den annektierten Johannisbrotbäumen, machte sich Dikeos bereit, die erste Nacht seiner Flucht weit weg vom Rebberg zu verbringen, wo er ohne Unterbrechung acht Jahre, seit 1920, verbracht hatte, nach der Katastrophe mit den Bienen. Zu jener Zeit hatten sie hinter dem Rebberg, auf dem kargen Hügel, dreizehn Bienenstöcke. Dikeos gewann in einem guten Jahr hundert bis hundertfünf Oka Honig, den er jedes Jahr, zusammen mit den Waben, zum Marktpreis an Servos verkaufte. Servos lagerte den Honig ein, wie er es auch mit dem Öl, dem Wein, den Johannisbrotschoten und den Rosinen tat, und wenn dann die Preise anstiegen, schaffte er die Produkte in die Hauptstadt und verkaufte sie dort. In jenem Jahr jedoch (es war Oktober, kurz bevor sie den Honig einsammelten, als Veniselos die Wahlen verlor und das System wechselte) fand Dikeos eines Morgens all seine Bienen tot. Einer oder einige hatten aus unerfindlichen Gründen die Eingänge der Bienenhäuser mit Mörtel zugekleistert, und die Bienen waren eingegangen. Dikeos entdeckte dies drei Tage später; er hob die Deckel von den Bienenkästen, sammelte die toten Bienen ein, kratzte zusammen, was an Honig da war, und verkaufte ihn zu einem sehr tiefen Preis an Servos und zahlte so ein wenig von seiner Schuld ab. Danach zerschlug und verbrannte er die Bienenkästen, nahm seine Kleider aus dem Haus im Dorf, es war schon Nacht, wickelte das Mannlicher-Gewehr in eine Wolldecke und ließ sich im Häuschen im Rebberg nieder. Von da an sprach er auch nicht mehr laut, wie man es ihm in der Armee beigebracht hatte, sondern er begann, leise zu reden. Wahrscheinlich aber hatte er die Angewohnheit, laut zu sprechen, schon angenommen, bevor er in die Miliz eingetreten war, und vielleicht zu dem Zeitpunkt, wo er Maria die Leise geheiratet hatte, die bei Grigoris' Geburt, erst neunzehn Jahre alt, gestorben war. Vielleicht aber hatte er von Kindesbeinen an laut gesprochen, gar schon als Ungeborener im Bauch der Mutter. Denn ein Mensch hat schon seine Natur, bevor er geboren ist, und so kommt dieser auf die Welt und entwickelt sich zum Reden hin, jener aber zum Hören. Es handelt sich demnach um etwas sehr Ernstzunehmendes, wenn jemand seine natürlichen Gewohnheiten ändert, und man betrachtet dies als Bruch mit der Herkunft – dann ist man allein auf der Welt, ohne Vater und Mutter, ohne Freunde und Verwandte, wie der wilde, einsiedlerische Igel, der sich immerfort zusammenkugelt, während die Stacheln nach außen zeigen.

Grigoris kehrte ins Dorf zurück, als die ersten Sterne aufgingen, welche der Großvater Kücken genannt hatte, weil sie wie die Hähne im Hof waren. Als er später im großen Raum von Servos saß und Totenwache hielt, ging er, während Agapi die Raupen fütterte, unzählige Male zum Rebberg und wieder zurück. Dazwischen ging er auch zum hohen Johannisbrotbaum, hoch oben beim zweiten Katarakt, dort, wo sein Großvater umgekommen war, doch er blieb nicht stehen. Er trieb im Fluß hinunter, und einmal gelangte er weit nach Süden, über das Tal hinaus, und er begann, auf den Berg zu steigen. Auf dem Grat blieb er stehen, erschöpft und in Gedanken versunken und erblickte tief in der Nacht und weit weg das Meer; doch er wagte den Abstieg nicht. Er befürchtete, das Meer dringe in sein Hirn ein, das nackte Meer, ein unfaßbares und unbezwingbares Element, und er würde vielleicht in jenem Augenblick ertrinken, allein auf dem dunklen Strand, weit weg von Servos' Leichnam und von Agapi. Und es war tatsächlich Agapi, die wieder ins Zimmer kam und ihn, indem sie mit ihm sprach, wieder zurückbrachte nach Hause. Doch bevor er auf seinem Stuhl einschlief, gelang es ihm, nochmals zum Rebberg zu gehen, und da glaubte er, seinen Vater zu sehen, der auf der Schwelle saß und Stiefel und Strümpfe ausgezogen hatte, um sich die Füße zu kühlen.

Dann bereitete sich Dikeos' Sohn vor, ins Haus im Rebberg zurückzukehren, nun, wo sein Vater gefunden war. Da erregte etwas anderes seine Aufmerksamkeit. Sein Vater schien in Servos' Zimmer zu sitzen, mit bloßem Haupt und ganz ruhig, und auf den Knien lag, in der Stellung eines kleinen Kindes, das Mannlicher-Gewehr, rein und geölt. Dikeos sagte etwas, das er aber wegen der Entfernung und wegen des unablässigen Wiederkäuens der Raupen nicht verstand. Grigoris bedauerte, daß sein Vater das laute Reden aufgegeben hatte, und er bat ihn im Geist, seine Worte zu wiederholen. Dikeos jedoch, weil er vielleicht fürchtete, die Raupen zu stören oder das schlafende Gewehr aufzuwecken, gab auf die Bitte seines Sohnes keine Antwort; er schien sogar in die Dunkelheit der Nacht zurückzuweichen, auf der kühlen Schwelle das nackte Gewehr zurücklassend. Da bekam Grigoris große Angst, denn er wußte von seinem Großvater, daß ein Gewehr, und besonders ein Mannlicher, entweder in den Händen gehalten oder aber in eine Decke gehüllt und sorgfältig gepflegt werden muß. Er wußte, daß sie vor Jahren zu Hause einen Vorderlader gehabt hatten, der jedoch verschwunden war – denn die Waffen finden von alleine den Weg und suchen sich die Häuser aus, in denen sie bleiben wollen. Und eines Morgens war das Mannlicher-Gewehr zu ihnen gekommen, eingewickelt in eine Armeewolldecke; wäre es gestohlen worden, es hätte den Weg zurück gefunden. Dies war in der Tat zweimal vorgekommen, als die Polizei das Gewehr beschlagnahmte, sich den Wechsel in der Regierung zunutze machend. Beim dritten Mal aber, wie sich später herausstellte, war es anders: Als Dikeos festgenommen wurde, am Vortag der Wahlen vom 19. August, wurde das Gewehr konfisziert, und die Anklageschrift wurde um die Punkte »illegaler Waffenbesitz« und »illegaler Waffengebrauch« erweitert. Grigoris wartete trotzdem bis zum Tag seiner Ermordung, daß das Gewehr nach Hause zurückkehrte – was nicht eintrat. Vielleicht, weil es so lange Zeit nackt und ungepflegt geblieben war, vielleicht auch, weil seine Herren gestorben waren, der alte Grigoris und Dikeos.

Was Grigoris blieb, war die leere Hülse. Als er auf dem Bett seines Vaters saß, halb schlafend, am Vortag von Mariä Himmelfahrt, fiel ihm ein, daß vielleicht diese Hülse, zusammen mit all den anderen, die er gesucht hatte und die er im Hause im Dorf aufbewahrte, das Mannlicher-Gewehr anziehen und zurückbringen könnte und Dikeos ebenfalls. Dies dachte er übrigens am Abend der Totenwache, aber, nachdem Dikeos sich ergeben hatte und das Gewehr aus dem Haus verschwunden war, begann Grigoris zu glauben, daß die fortwährende Anziehungskraft der Hülse, des Gewehrs und des Mannes aus irgendeinem Grund nicht mehr wirksam sei. Mit Dikeos' Tod im Gefängnis, aufgrund der Metallkrankheit, schien die alte Beziehung des Clans der Dikeakis zu den Gewehren endgültig abgebrochen zu sein.

Diese Beziehung hatte in den Tagen des alten Grigoris begonnen, vielleicht noch früher, als die Menschen der Region, getrieben vom Mangel und von der Sehnsucht nach Freiheit, in die Berge gezogen waren. Man sagt sogar, daß Dikeos' Großvater eine

Zeitlang Waffenschmied und Reparateur von Weinfässern gewesen sei und daß er eines Tages, als er gerade in einem geöffneten Faß gearbeitet und das Holz gereinigt habe, von den Türken, den ungläubigen Fremden, getötet worden sei; diese hätten zudem sein Geschäft angezündet. Der alte Grigoris stieg dann auf den Berg, ohne Gewehr, aber als er nach neun Monaten ins Dorf zurückkehrte, hatte er zwei neue kurzläufige italienische Flinten bei sich, seine Beute.

Im August 1910 nun, als Veniselos die Wahlen auf dem Festland gewann und eine eigene Regierung aufstellte, war Grigoris neun Jahre alt. Da lud sein Großvater sein Gewehr und half seinem Enkel, in die Luft zu schießen, um so das Ereignis zu feiern. Grigoris erinnerte sich, daß es in seinen Händen dreimal einen Rückschlag gegeben hatte zu Veniselos' Ehre und daß er seine ersten Hülsen zusammengelesen hatte, den Grundstock für seine Sammlung, die er an Kirchweihfesten und Wahlen nach und nach vergrößerte. Zum letztenmal schoß er im November 1916, einen Monat nach der Etablierung des Staates von Thessaloniki, am kleinen Kirchweihfest des Heiligen Georg des Rauschvollen. Da machten sie die Fässer auf, und sein Vater, der zwei Jahre fort gewesen war, probierte von ihrem eigenen Wein. Man sagt, es sei leichter, an diesem Tag betrunken zu werden, denn der Heilige helfe einem dabei. Dikeos kam in eine sonderbare, gehobene Stimmung, nicht wissend, daß sein Vater in sieben Tagen umkommen sollte. Er nahm das neue Mannlicher-Gewehr aus der Truhe, ging in den Hof und schoß dreimal. Gigoris sammelte weitere drei Hülsen ein, und zusammen mit der vierten, von seinem eigenen Schuß, hatte er nun siebenundfünfzig. Doch nachdem sein Großvater gestürzt und von der schwarzen Fliege umgebracht worden war und sie den Rebberg mit all seinen Weinstöcken verkauft hatten, hörte Grigoris auf, Hülsen zu sammeln. Nicht nur, weil sein Vater das Gewehr in den Rebberg mitgenommen hatte, sondern auch, weil niemand sein Leben lang leere Hülsen sammeln kann.

Nun, mit der einen Hülse in der Tasche, dachte Grigoris wieder an den Abend der Totenwache, und er fragte sich, ob er in jener Nacht wirklich in Servos' Haus seinen Vater gesehen hatte, wie er barfuß auf der Schwelle saß, um seine Füße zu kühlen, und das Mannlicher-Gewehr in den Schlaf wiegte.

Tatsächlich zog Dikeos seine Stiefel erst nach zehn Tagen aus. Als die Rekonstruktion beendet war, trug der Beschuldigte seinem Sohn Grigoris auf, ihm ein Paar Strümpfe zu holen und den Tonkrug, und er bat den Wachtmeister, ihm zu erlauben, sich zu waschen und die Kleider zu wechseln. Der Wachtmeister, sei's, weil er der Ansicht war, der Gefangene habe dieses Recht, sei's, weil er einem alten Waffengefährten auf diese Art Ehre erweisen wollte, hauptsächlich aber, weil er es nicht eilig hatte, ins Dorf zurückzukommen, und weil keine Gefahr bestand, daß der Mörder davonlief, kam dieser Bitte nach, und Dikeos löste die Riemen. Nun konnte Grigoris seinem Vater ganz nahe sein, und er zog ihm die Stiefel aus, wie er es früher mit den Schuhen seines Großvaters getan hatte. Er sah also seines Vaters Füße, weiß mit roten Blasen, und die Strümpfe, die an den Fersen abgenutzt waren. Dann goß er Wasser in Dikeos' hohle Hände, und der rieb und wusch vorsichtig seine Füße, auf der Schwelle seines Hauses sitzend. Als er fertig war, ging Grigoris hinter die Reben und pflückte ein paar Blätter von ihrem Granatapfelbaum, die sein Vater in die Stiefel tun sollte, um den Schweiß zu trocknen, genauso, wie es der alte Grigoris immer getan hatte. Dikeos wischte seine Füße trocken, zog die sauberen Strümpfe an, schlug die Stiefel aneinander, um die Steinchen herauszuklopfen, und tat die Blätter hinein. Als er die Stiefel schnürte, fiel seinem Sohn auf, daß ihm nicht nur der Ring fehlte, sondern daß seine Finger und die Handflächen übers normale Maß hinaus dünn geworden waren. Ebenso bemerkte er, daß die Augen größer geworden waren und der ganze Körper überhaupt eine andere Gestalt angenommen hatte. Grigoris führte dies auf die Entbehrungen und Qualen zurück, welche die Flucht mit sich bringt. Das Fehlen des Rings aber vermochte er sich nicht zu erklären – eine Sache, die sich später als schicksalhaft für Dikeos Leben erwies, als er das Gefängnistor ohne ein Stück Metall durchschritt.

Genau das gleiche geschah auch mit Grigoris bis zum Donnerstagmorgen, dem Tag des Begräbnisses von Servos. Weder eine Münze noch eine Patronenhülse hatte er bei sich in der Nacht der Totenwache, als er im Stuhl in unregelmäßigen Abständen jeweils für kurze Zeit schlief. Etwa um drei Uhr am Morgen, wenn das Sternbild des großen Wagens im Süden verschwindet und im Norden der Große Affe und der Kleine Affe, oder das Äffchen, heraufkommen, sank Grigoris in regelmäßigeren Schlaf. Agapi ging immer noch ein und aus, um die Raupen zu füttern, die Kerzen rings um den Toten brannten langsam nieder, während die Basilikum- und die Majoranzweige im Sarg ihren Glanz verloren und die Blättchen weich wurden. Grigoris verfolgte all diese Veränderungen, doch er wunderte sich nicht über diese Klarheit seiner Sinne. Auch früher, neben seinem Großvater schlafend, hatte er verfolgen können, wie der Alte nach Mitternacht aufstand, die Tür öffnete, in einer Ecke des Gartens pinkelte, die Sternbilder zählte und so die Stunde berechnete. Nun war sein Großvater allerdings schon zwölf Jahre tot, und er selber schlief allein im Bett. Doch hie und da kam der Alte und stieß Grigoris im Schlaf an, wenn es Zeit war, aufzustehen und an die Arbeit zu gehen. Vielleicht wurden dem alten Mann diese Ausflüge von der anderen Welt gewährt, da er länger gelebt hatte als seine Schwiegertochter Maria die Leise. Maria war in diesen siebenundzwanzig Jahren nie heraufgekommen, um Grigoris zu sehen und ihn aufzuwecken; sicher ist aber, daß sie jeden Dorfbewohner, der herunterkam, nach ihrem Sohn fragte. Vielleicht hatte sie, so jung war sie noch, als sie starb, den Weg und das Haus vergessen, in dem sie Grigoris geboren und in dem sie mit dem Heiligen der Dikeakis gerungen hatte. Doch sie verfolgte, wie Grigoris heranwuchs, wie er allein in den abgelegenen Feldern arbeitete und wie er im Geist und zu Fuß die sichtbare und die unsichtbare Welt durchschritt – darüber gibt es keinen Zweifel. Jeder von den Ankömmlingen brachte ihr Neuigkeiten, der eine mehr, der andere weniger, am meisten aber brachte der alte Grigoris, als er 1916 kam, um wieder bei seiner Schwiegertochter zu leben in diesem Teil des Universums. Diesbezüglich behauptet man kategorisch, daß jedes Dorf und jede Stadt der sogenannten Oberwelt einem Ort in der Unterwelt entspreche. Es besteht also eine Analogie der zwei Reiche, und jeder Tote hat seinen für ihn vorbereiteten Platz am entsprechenden Ort in der Unterwelt. Die Tatsache, daß sich unablässig eine Menschenmenge in dieser Welt häuft, ändert weder den Zustand, noch macht sie denen, die schon existiert haben, irgendwelche Probleme. Und genau hier ist der Unterschied zwischen der einen Welt und der anderen, wie die behaupten, die gewisse Kenntnisse von diesen Dingen haben. Daß die sogenannte Oberwelt, und in unserem Fall das Dorf von Grigoris Dikeakis, nur eine Stufe hat, während die Unterwelt unendlich viele Stufen hat, die sich voneinander unterscheiden, da sie begründet und gefestigt werden von den Gedanken all der Neuankömmlinge.

Nun, welche Neuigkeiten Servos Maria über deren Sohn anzubieten hatte, ist unklar. Gewiß ist, daß er, und dies mit äußerster Genauigkeit, all die Dorfbewohner, die es wissen wollten, hätte über den Marktpreis des Olivenöls, des Wachses, der Seide und generell der Agrarprodukte oder über die Höhe des Taglohns unterrichten können. All diese Gedanken vermochte Grigoris leicht und klar im Kopf zu halten, in den Pausen zwischen seinen kleinen Schlafrationen. Als er aber das Wiederkäuen der Raupen im angrenzenden Zimmer hörte, als er der schlangengleichen Bewegung jeder hungernden Raupe folgen konnte und das erste Knirschen vom Körper des daliegenden Servos vernahm, gleichzeitig mit der fortschreitenden Veränderung der Blumen im offenen Sarg, da hatte Grigoris keinen Zweifel mehr daran, daß ihm der normale menschliche Schlaf abhanden gekommen und an seine Stelle der schreckliche Schlaf der Rinder getreten war.

Die Nachtwache endete um sechs Uhr am Morgen; Grigoris war schon eine Stunde früher weggegangen, barfuß, ungekämmt, ohne etwas zu essen, ohne etwas zu trinken. Er nahm die Hauptstraße, gelangte zum Abhang, und nachdem er den Zaun mit den wilden Rosen passiert hatte, betrat er ihren Rebberg. Zu dieser Stunde und besonders in jener ländlichen und abgeschiedenen Gegend wird das Licht in den oberen Schichten der Atmosphäre infrarot, während es auf der Höhe des Bodens und vor allem dort, wo gesät worden ist, violett wird. Wer dem Weg durch den Rebberg folgte wie zum Beispiel Servos oder Grigoris, könnte Dikeos' Haus sehen, wie es weiß schimmert inmitten der Morgennebel, wie es verschwindet und wieder auftaucht. Den Lauf des Gewehres jedoch, der zufälligerweise aus dem kleinen Fenster schaut, den vermöchte er wohl kaum auszumachen, und nur die Kugel und das Staunen über die Erschütterung und das Krachen würden vom Vorkommnis zeugen. An dem Punkt, wo Servos gefallen war, stand nun sein Sohn Evtichis, der den Ort absuchte, dem Beispiel des Wachtmeisters folgend. Grigoris erkannte Evtichis sogleich, doch er hielt es für ratsam, zum Zaun zurückzuweichen und von dort alles zu verfolgen, statt sich einzumischen. Servos' jüngerer Sohn klopfte dreimal an die Tür des Hauses, wobei er gleichzeitig rief, doch er bekam keine Antwort – was Grigoris mehr als ihn selber verblüffte. Seine

Verblüffung wuchs noch, als er, Evtichis hatte sich entfernt, ins Haus trat und entdeckte, daß das Mannlicher-Gewehr, die Kugeln und die Ration an Zwieback und Oliven verschwunden waren. Unberührt waren die landwirtschaftlichen Geräte, die Körbe für die Traubenlese und die Spule mit dem Draht für den Hasen, das Wiesel und den nächtlichen Dachs. Grigoris beschloß, es sei die Zeit gekommen, nun, wo die Trauben reif waren, Drahtfallen entlang der Pfade durch den Rebberg zu legen, um ihren Besitz vor den Tieren des Feldes zu schützen.

Zur gleichen Zeit, die Sonne ging auf, öffnete Evtichis die Tür zum großen Zimmer und verkündete seiner Familie – die Kerzen waren schon halb heruntergebrannt –, falls der Mörder ein Bewohner des Dorfes sei, dann sei es mit Sicherheit Dikeos. Falls aber der Mörder von anderswo herkomme, dann sei Dikeos, da er den Schuß in seinem Rebberg vernommen habe, gegangen und jage ihn. Dies sei der Grund, weshalb er bis jetzt weder aufgetaucht sei, noch im Rebberg- oder im Dorfhaus geschlafen habe.

Evtichis' Vermutung schien allen Mitgliedern von Servos' Familie sehr einleuchtend. Sie gewann sogar noch an Gewicht, als nach einer halben Stunde ein Cousin des Verstorbenen sich erinnerte, daß, als er am Tag zuvor, am Mittwoch, in der Morgendämmerung jenseits des Rebbergs gegangen war, er einen Schuß gehört hatte. Zehn Minuten später, wie er umkehrte und auf den Rebberg zuging, sah er Dikeos weglaufen, auf die Berge zu, in nordöstlicher Richtung. Dann erinnerte er sich noch klarer, daß Dikeos das Gewehr getragen hatte, daß die Schnürsenkel der Stiefel nicht gebunden waren und daß er rannte, als würde man ihn hetzen. Drei Monate später, als Dikeos auf der Anklagebank saß wegen der Tötung eines Menschen, trat besagter Cousin von Servos als Zeuge der Anklage vor Gericht auf. Er nannte alle Details, an die er sich in der Zwischenzeit erinnert hatte, und bestand speziell darauf, das Gesicht des Mörders, wie er sagte, zu beschreiben, betonend, an jenem Morgen sei Dikeos' Ausdruck der eines Mörders gewesen, er habe geraucht wie ein Schlot, und seine Wangen seien ganz gelb und eingefallen gewesen, denn, wie es ja heiße, wer das Blut eines Menschen vergieße, der vergieße im selben Augenblick auch sein eigenes. Diese Interpretation von Dikeos' Blässe interessierte das Gericht überhaupt nicht, obwohl der Anwalt von Servos diesen Punkt sehr geschickt vorbrachte. Markos aber, der den Prozeß verfolgte, erkannte die Bedeutung des Satzes seines Onkels, und er wiederholte ihn Grigoris gegenüber Wort für Wort, kurz bevor er ihn erstach, drei Jahre später. Vergieße jemand eines Menschen Blut, vergieße er im selben

Augenblick auch sein eigenes. In dem Zustand, in dem sich Grigoris da befand, konnte er die Dinge nicht zusammenfügen, wie er wollte, und nicht verstehen, was Markos sagte. Doch er konnte sich während des unaufhaltbaren Blutflusses an Markos' Drohungen erinnern – ein paar Tage nach Servos' Tod –, wenn er nicht den Mörder töte, so töte er dessen Sohn, das Hinkebein. Grigoris war gefallen, lag halb im Fluß, halb auf dem Ufer, und es war nicht nötig, daß er seine Füße gebrauchte; jedenfalls dachte er, es sei überhaupt nicht richtig, daß das Blut seines Vaters auch sein eigenes Blut sei, abgesehen von der Verwandtschaft natürlich. Jeder Mensch hat doch seine ihm eigene Konstitution, seine Knochen und seine Eingeweide. Gleichermaßen hat er seinen eigenen Engel und die schwarze Fliege, die in ihm lebt bis zu seinem Tod. Da aber Grigoris' Eingeweide in den angeschwollenen Fluß strömten und ihr Ende bereits im Tal anlangte, wo das Wasser verschwindet und Binsen und Sumpfpflanzen wachsen, hörte der Niedergestochene auf, ans gemeinsame Blut zu denken, und konzentrierte sich auf das eigene, auf dem Rücken liegend unter dem hohen Johannisbrotbaum.

Nun, auch auf dem Rücken auf seines Vaters Bett liegend, eine Woche nach dem Mord an Servos, am Mittwoch, ungefähr um zwei Uhr am Nachmittag, konzentrierte er sich auf das Zeichen am Himmel, das den menschlichen Schlaf bringt und den Geist beruhigt. Aber zwischen seine Augen und das Zeichen des Schlafs, trat ihr Rebberg und die Notwendigkeit, irgendwie einen Weg zu finden, die Trauben zu lesen und die Früchte zu ernten, damit nicht noch weiterer Verlust und Schaden entstehe. Dann verschwanden der Rebberg, die Traubenlese, das Ausbreiten und das Einsammeln der Rosinen, und Grigoris schloß die Augen, das sonnige Himmelsgewölbe nur noch mit seinem Geist festhaltend, während tief in ihm drin die klaren Stimmen der Zikaden auf den Olivenbäumen des Rebbergs hörbar wurden, dann auch die Windungen, welche die Würmer in den Wurzeln der Bäume und Pflanzen vollführten, und schließlich war das unablässige Wiederkäuen von Agapis Seidenraupen zu vernehmen, drei Kilometer entfernt.

2

Neun oder zehn Kilometer nordöstlich von Dikeos' Rebberg, auf der Grenzlinie zwischen dem Dorf und dem Marktflecken, der zugleich Hauptort der Provinz war, in einer felsigen und ausgedörrten Gegend, standen sechs oder sieben Johannisbrotbäume. Dikeos hatte diese Bäume für sich gefordert, nicht von jemand Bestimmtem, sondern von den Behörden. Da aber Unklarheit herrschte über den genauen Verlauf der Grenze zwischen den beiden Gemeinden und zudem keine Besitztitel vorhanden waren, betrachtete Dikeos die Johannisbrotbäume als sein Eigentum, indem er bekräftigte, er habe sie schließlich während zwanzig Jahren abgeerntet und die kleine Steinhütte, die sich daneben befand, sei von seinem Vater gebaut worden, zwei Jahre bevor er gefallen und umgekommen sei; zu der Zeit sei er selber als Freiwilliger auf dem Festland gewesen. Der Feldhüter des großen Dorfes aber hatte Dikeos dreimal im Lauf von vier Jahren angezeigt, doch weil die Entscheidung der Sache die Zuständigkeit der Ackerverwaltung der Gemeinde und des Amtsgerichts des Hauptortes überstieg, war das Urteil noch hängig, und nur eine endgültige Festlegung der Grenzen hätte der Auseinandersetzung zwischen dem Privatmann und der öffentlichen Hand ein Ende setzen können. An sich endete die Auseinandersetzung 1928 mit Dikeos' Inhaftierung, offiziell jedoch nach 1933 mit der Regierungsänderung und der Entfernung der Veniselos-Partei von der Macht.

Im Lauf der langen Reihe von Veniselos-Regierungen beschäftigte die Angelegenheit der unklaren Grenzen wiederholt die lokalen Behörden; weil aber die Parteibonzen in den beiden Dörfern ziemlich gleich stark waren und gleichermaßen die Gemeindeausschüsse beeinflußten, wurde die Grenze niemals definiert, obwohl in den Wahlmanifesten sowohl von den Parteiführern wie auch von den Parlamentskandidaten des öfteren das Versprechen abgegeben wurde, die Angelegenheit endgültig zu bereinigen. Dann wurde diese nichtssagende Sache zu einer Angelegenheit von außerordentlicher Wichtigkeit, und nicht wenige Male konzentrierten sich die politischen Argumentationen und die Zurschaustellung parteipolitischer Muskelspiele auf Dikeos' Johannisbrotbäume, für die, nebenbei bemerkt, gar niemand sonst auch nur das geringste Interesse aufbrachte.

Einmal hätte Dikeos die Bäume um ein Haar für immer verloren. Das war nach der Kleinasiatischen Katastrophe. Die sogenannte Revolutionsregierung von 1922 bis 1924 beschloß, an die Flüchtlinge bestimmte kultivierbare Landflächen zu verteilen, welche keine bestimmten Besitztitel hatten, wie es der Fall ist bei gemeinde- oder klostereigenen Äckern. Die Verwaltung des großen Dorfes, einerseits, um ihren Eifer in dieser Sache zu beweisen, anderseits, um so um die Abgabe anderer, fruchtbarerer, Flächen herumzukommen, schloß in das zu verteilende Land auch Dikeos' Johannisbrotbäume ein. Die Lage aber rettete Emmanuil Servos, der leidenschaftliches Verlangen und die Fähigkeiten hatte, Dikeos zu helfen. Gleichzeitig ergab sich für ihn die Gelegenheit, dem Dorf zu zeigen, daß er tatsächlich über politische Macht verfüge und daß er es niemandem erlaube, ihre Gemeinde zu schädigen. Zweimal ging er zum Statthalter, und so brachte er nicht nur seine eigenen Angelegenheiten ins reine, sondern erreichte auch, daß der Beschluß, besagtes Gebiet den Flüchtlingen abzutreten, widerrufen wurde.

Dennoch, auch wenn man das Land an die Flüchtlinge aus Kleinasien verteilt hätte, ist gewiß, daß es für sie völlig unbrauchbar gewesen wäre. Denn, wie man sagte, diese Menschen waren solche Berge nicht gewohnt, sie hatten nie zuvor einen Johannisbrotbaum gesehen, und, was am wichtigsten war, die Bäume gaben wenig Früchte, und deren Qualität war mittelmäßig. Bedenkt man nun, daß der Marktpreis der Johannisbrotschoten in dem Jahr, in welchem Servos ermordet wurde, im Vergleich zu Olivenöl erster Qualität eins zu sechzehn betrug und gegenüber den Sultaninen eins zu dreizehn, so ist es leicht einsichtig, daß der Verlust der Bäume nicht übermäßig schwer wog. Von Bedeutung jedoch war, daß das Gebiet frei blieb für Dikeos und daß kein Besitz, und sei er auch strittig, verlorenging. Da Dikeos diese Johannisbrotbäume niemals weder hegte noch pflegte – im Gegensatz zum großen Baum beim zweiten Katarakt –, blieb ihm ein gewisser Gewinn, der zwar klein war, aber immerhin sicher.

Die Gründe, weshalb Dikeos das Gebiet mit den Johannisbrotbäumen als Schlupfwinkel aussuchte und sich nicht zu einem anderen Punkt am Horizont aufmachte, die konnte nur er selber erklären in der ziemlich langen Reihe von Briefen, welche er seinem Sohn aus dem Gefängnis schrieb. Die Gründe, die er in allen Details ausbreitete, hatten dennoch keine wesentliche Bedeutung für Grigoris, der auch ohne diese Briefe die Motive seines Vaters erfassen konnte. Aber Dikeos schien, mit der uralten Praktik des Schreibens, all das, was er selber getan hatte oder hatte tun wollen in den achtzehn Monaten seiner Haft, verewigen zu wollen. So muß wohl auch die Niederschrift einer Theorie interpretiert werden, die er, wie er hervorhob, am zweiten Tag seiner Flucht erdacht hatte, während er von seinem Versteck aus zusah, wie das Detachement der Polizei den Boden rundherum Zoll für Zoll absuchte. Schon am Mittag des Donnerstags, des 9. August, gleich nach Servos' Begräbnis, machte nämlich das Detachement eine Rundbewegung auf die nordöstlichen Berge zu und ging in einem Abstand von kaum fünfzig Metern am Mörder vorbei, doch es entdeckte weder Spuren noch irgendwelche Anhaltspunkte, daß sich der Gesuchte dort in der Nähe verbarg. Dies besonders und alles, was dem folgte, half Dikeos, seine Theorie klarer zu formulieren und sie seinem Sohn in sieben Briefen auseinanderzusetzen, auf dem Briefpapier des Gefängnisses mit dem Stempel der Zensur.

Genauer gesagt hatte Dikeos gelernt, daß das, was die Menschen gewöhnlich Leben nennen, eine Reihe von Ereignissen ist, die früh am Morgen beginnen und, verändert und geformt nach den jeweiligen Notwendigkeiten des Tages, in der folgenden Nacht verschwinden. So kam der Mörder zum Schluß, daß auch der Mensch selber ein Eintagsereignis sei. Der Mensch lebt demzufolge nur einen Tag, konkret von der Stunde an, wo er erwacht und seine morgendlichen Bedürfnisse befriedigt, bis zum Moment, wo er sich spätabends niederlegt. In diesem Zeitraum, der sich unendliche Male wiederholen kann, ist der Mensch gleichzeitig aktiv wie auch passiv, und auf die gleiche Art und Weise hat er Anteil am Gang eines jeden Tages.

Dieses aktive und zugleich passive Wesen seines Lebens konnte Dikeos Tag für Tag verfolgen, und er kam immer zu einer ähnlichen Deutung der Ereignisse, wie es zum Beispiel im Fall des Mordes, der Flucht, der Rekonstruktion des Verbrechens, des Prozesses und seiner Inhaftierung geschah. So spielten sich alle Ereignisse entweder nach seinem Willen oder ohne denselben ab, und folglich waren die Geschehnisse aktiv oder passiv.

Als aktiven Schritt in seinem Leben betrachtete Dikeos seine Entscheidung, seinen Schlupfwinkel am Donnerstagmorgen für zwei Stunden zu verlassen, zum großen Dorf hinunterzugehen und dort seinen Ring zu verkaufen, um sich mit Tabak und Eßwaren für die restlichen Tage seiner Flucht einzudecken. Als passive Reaktion sah er die Tatsache an, daß er sich verbergen und unsichtbar bleiben mußte. Und in diese Lage trieben ihn nicht nur die Ereignisse und die natürliche Furcht, die ein Mörder verspürt, sondern auch die Lebensgewohnheiten, welche die Menschen vor langer Zeit angenommen hatten. Dieser Faktor war besonders bedeutend in Dikeos' ganzer Theorie, gestattete er ihm doch, jedesmal seinen Platz zu wechseln, so daß ein Ereignis einmal passiv, einmal aktiv sein konnte.

Es wird nun gesagt, daß nach einem Mord der Täter bis nach Ablauf der neun Trauertage verborgen zu bleiben hat; vor allem aber muß er in den ersten drei Tagen besonders achtsam sein. Denn, wie sich erwiesen hat, wenn der Mittag des dritten Tages vorbei ist, sei's nach einem natürlichen oder nach einem gewaltsamen Tod, erreichen die Angehörigen des Toten, voller Kummer über den Verlust des geliebten Menschen, den Höhepunkt ihrer Trauer und ihrer Not. Dann wächst die Gefahr der Selbstjustiz und der Rache in hohem Maß, und die Polizei muß drastische Maßnahmen ergreifen. Die Gefahr verringert sich nach dem dritten Tag, und die Lage normalisiert sich, um sich am neunten Tag wieder zu verschärfen; dann aber verschwindet mit der endgültigen Verzagtheit der Trauernden die große Gefahr für den Täter. Dieser ist nun seinerseits verpflichtet, hervorzukommen und sich den Behörden auszuliefern.

Der dritte und der neunte Tag der Trauer um den Toten, die Rituale, die nicht gestört werden dürfen und vor allem die sorgfältigen Bemühungen des Täters, in dieser Zeit die Verwandten des Opfers nicht zu provozieren, waren für Dikeos die Regeln, nach denen er sich richtete, doch er vermochte weder in der Voruntersuchung noch in der Anhörung mit gebührender Beredsamkeit und Triftigkeit darzulegen, weshalb er so viele Tage in den Bergen geblieben war und sich nicht, wie es sich gehörte, der Polizei gestellt hatte.

In beiden Fällen war sowohl der Untersuchungsrichter als auch der Staatsanwalt daran interessiert, mehr darüber zu erfahren, weshalb sich Dikeos nach dem Mord verborgen, und weniger, weshalb er das Verbrechen begangen hatte. Sie erklärten ihm, der Mord sei zwar eine Tat, die vielleicht ein böser Augenblick mit sich bringen könne, und daß wir die Beweggründe nicht erkennen würden, denn unsere Seele sei dunkel und unergründlich. Doch die Leidenschaften, die uns irgendwann zur abscheulichen Tat der Tötung eines Menschen trieben, schwiegen nach der Durchführung des Mordes, und der Täter sei verpflichtet, sich der Staatsgewalt auszuliefern und sich der angemessenen Bestrafung zu unterziehen. Denn so beweise er seine Reumütigkeit und trage dazu bei, seine Lage zu erleichtern. In Dikeos' Fall wurde sogar wiederholt betont, daß jener sich für den Rest seines Lebens der Gerechtigkeit hätte entziehen können, wenn nicht seine Ergreifung geglückt wäre – das zeige seinen harten und gewalttätigen Charakter, aber auch seinen Haß gegenüber dem Toten und der Gesellschaft. Im Gegensatz dazu bestand der Angeklagte darauf, daß er, weil er ja nicht gleich nach dem Verbrechen gefaßt worden sei, als das Blut noch warm gewesen sei, sich erst nach Ablauf der neun Tage habe stellen können, aus den bekannten Gründen der Trauer und des Leidens. Daß er der Polizei geholfen habe, ihn zu fassen, und er habe sogar erwartet, am Freitag, dem 17. August, gefaßt zu werden und nicht am Tag darauf, wie geschehen.

Dikeos' Anwalt (der vom Gericht zum Pflichtverteidiger bestellt worden war, da der Täter selber nicht in der Lage war, jemanden zu bezahlen) intervenierte zwei- oder dreimal, indem er als Hauptgrund für die Flucht die Furcht des Täters herausstrich. Jedesmal schloß er seine Verteidigungsrede, indem er Dikeos' Schuld als erwiesen betrachtete und das Gericht anrief, Nachsicht walten zu lassen. Das Gericht schien die Worte des Pflichtverteidigers nicht zu berücksichtigen, schließlich aber bestrafte es den Angeklagten ziemlich mild, aus Gründen, die nicht hinreichend erhellt wurden. Der Anwalt der Verwandten des Opfers aber, der zwei Monate vor dem Verhandlungstag, in den Wahlen vom August, für die Veniselos-Partei aufgestellt, jedoch nicht zum Abgeordneten gewählt worden war, schaffte es, daß seinen Klienten als Entschädigung für erlittene Schmerzen die Summe von fünfzehntausend Drachmen oder vierzig Goldpfunden zugesprochen wurde. Dazu kamen eintausendfünfhundert Drachmen für Gerichtskosten.

Grigoris, beim Prozeß anwesend, hatte in der Tasche seiner Weste ein Pfund, einen Zwanziger und zwei Einer von Servos' Geld zusammen mit der Hülse und weiteren fünfhundert Drachmen in Noten aus dem Verkauf von fünfundzwanzig Oka Sultaninen. Er rechnete im Geist und mit den Fingern aus, daß er, um diese Summe aufbringen zu können, alles Olivenöl des Jahres, die restlichen Sultaninen, die dicken Rosaki-Rosinen, die Schoten des großen Johannisbrotbaums und der annektierten Bäume in den Bergen verkaufen müßte. Zog man zudem in Betracht, daß der größte Teil der Sultaninen bei der Flut vom Montag, dem 20. August, dem Tag nach den Wahlen, zerstört worden war und daß, nebst den fünfundzwanzig Oka, nur noch vierzig Oka zum Verkauf blieben, sahen die Chancen für Grigoris, diese Schuld zu begleichen, noch weit schlimmer aus. Jedes Produkt mußte also zum höchstmöglichen Preis verkauft werden, und die nächsten drei Jahre würde er die ganze Produktion zur Abzahlung der Schuld hergeben müssen. Behielte Grigoris aber zur Deckung seiner eigenen Bedürfnisse ein Drittel des produzierten Olivenöls zurück, und wäre die Menge der Sultaninen und der dicken Rosinen geringer als üblich, dann würde er mindestens vier Jahre brauchen, bis die Schuld beglichen wäre. Den

Hafer und die Hülsenfrüchte zog er gar nicht in Betracht, denn deren Menge war gering; viel wichtiger aber war, daß er, verkaufte er sie, vier Jahre lang nichts zu essen hätte.

Diese einfachen Gedankengänge, aber auch die Tatsache, daß die Schuld von sechzehntausendfünfhundert Drachmen in einem Monat getilgt sein mußte – andernfalls würden die liegenden Güter von Dikeos konfisziert –, bewirkten, daß Grigoris in den letzten Novembertagen und in den ersten zwei Dezemberwochen tatkräftig ans Werk ging und alle Produkte des Jahres verkaufte, außer den Hafer und die Hülsenfrüchte. Selbst ihren Esel, mit dem sie den toten Servos transportiert hatten, verkaufte er zu einem anständigen Preis, zudem zwei Grundstücke.

Diese Grundstücke wurden von einer Flüchtlingsfamilie erstanden, die von der Regierung ein Darlehen bekommen hatte, doch das reichte nicht ganz, und so war sie gezwungen, noch ein silbernes Armband zu verkaufen, das, wie man sagte, die Menschen aus der Katastrophe, die in ihrem Heimatland über sie gekommen war, gerettet hatten. Die erste Parzelle lag westlich des Dorfs, und auf ihr standen dreizehn Olivenbäume, die Hälfte derer, welche die Familie Dikeakis besaß. So schrumpfte natürlich die Jahresproduktion von Olivenöl auf weniger als die Hälfte, auf ungefähr neunzig Oka, doch Grigoris war zuversichtlich, seine Bedürfnisse befriedigen zu können. Die zweite Parzelle lag im Tal, und auf ihr wuchs die größte Menge an Hafer. Der Preis jedenfalls, zu dem dieses Stück Land verkauft wurde, war ziemlich hoch, nicht weil es besonders groß oder fruchtbar gewesen wäre, sondern weil sich am einen Ende ein steinerner Dreschplatz befand, den, wie Grigoris wußte, sein Urgroßvater hergerichtet hatte. Dieser Dreschplatz lag auf einer Anhöhe und war deshalb stets richtig belüftet fürs Dreschen – ein immenser Vorteil für die, welche wußten, wie windstill das Tal den Sommer über war.

Am 10. Dezember 1928, einen Monat nach dem Prozeß, ging Grigoris zur Gemeindekasse des großen Dorfes, das zugleich der Hauptort der Provinz war, und zahlte sechzehneinhalbtausend Drachmen. Nach all den Verkäufen blieben ihm hundertfünfundvierzig Drachmen; sie schickte er per Post dem Gefangenen, dem er, nach der Urteilsverkündung, bereits vierhundert Drachmen gegeben hatte für Zigaretten und andere kleine Auslagen.

An diesem Punkt muß eine Tatsache erwähnt werden, die, scheint sie auch von den übrigen Dorfbewohnern nicht wahrgenommen worden zu sein und das ökonomische Leben nicht beeinflußt zu haben, dennoch bemerkenswert ist. Während nämlich Grigoris seinem Vater jeden Monat sechzig bis siebzig

Drachmen für Zigaretten schickte, kaufte er gleichzeitig bis zu dem Tag, wo man ihn erstach, ein gewisses Quantum Hafer, und während die Produktion von Olivenöl auf weniger als die Hälfte gesunken war, lebte Dikeos' Sohn wie früher, und er bewahrte in seiner Tasche sogar den größten Teil von Servos' Geld – dies in einer Zeit, in der die Kaufkraft der Drachme auf ein Viertel gesunken war. Grigoris erlebte den nationalen Wirtschaftszusammenbruch von 1932 nicht (schon 1928 war Veniselos' Regierung gezwungen gewesen, die Drachme massiv abzuwerten). Es ist jedoch sicher, daß sich seine Lage nicht wesentlich geändert hätte in dieser ökonomischen Krise des liberalen bürgerlichen Regimes.

Bei dieser Art der Vermögensverwaltung und der häuslichen Sparsamkeit folgte Grigoris, ohne besonderes Bemühen, aber mit erstaunlichen Resultaten, der sogenannten Lebensart der Feldeidechse und nicht derjenigen der häuslichen Seidenraupe, wie es Servos sein Leben lang getan hatte. Bei dieser Methode, die den meisten Bauern der Gegend geläufig und mehrfach vom alten Grigoris in den siebenundsechzig Jahren seines Lebens erprobt worden war, zeigt die Eidechse deutlich und beharrlich, daß, je trockener der Boden ist, in dem sie lebt, und je glühender Wind und Sonne sind, desto leichter sie sich nährt. Zudem wächst ihr Körper bei all diesen feindlichen und widrigen Umständen ganz gegensätzlich zu dem der anderen Tiere, seien es Säugetiere oder nicht. Sie beginnt greis, mit natürlichen Reserven, flüssigen und festen, und sie verzehrt sich Tag für Tag, jünger und jünger werdend, bis sie einschrumpft und im Wind verschwindet, ohne etwas zu hinterlassen und ohne etwas Bestimmtes oder Nützliches hervorzubringen. Man sagt sogar, daß ein Mensch, der Geduld und Beharrlichkeit hat und dem das Glück gewogen ist, irgendwann einmal auf eine Eidechse stößt, die sich verflüchtigt und sich in der Luft auflöst. Und dieser Mensch bekommt einen gewissen Begriff von der idealen und gleichzeitig unnützen Schönheit.

Im Gegensatz zur Eidechse nährt sich die Seidenraupe in einer feuchten und dunklen Umgebung dank der ununterbrochenen Sorge der anderen, und sie entwickelt sich wie alle Organismen nur zu einem Zweck: sich selber vorzubereiten für den größtmöglichen Ertrag, und dies nach einer komplexen und besonders gewinnbringenden Veredelung ihres Körpers.

Ungeachtet dessen, wie erfolgreich Servos einer derartigen Methode zu folgen vermocht hatte – nun jedenfalls, es war Donnerstagmorgen, wenige Stunden vor seinem Begräbnis, lag er reglos da, sorgfältig gekleidet in Schwarz, und sein Gesicht begann, unmerklich wächsern zu werden. Tief in ihm, im

Geheimen und jenseits aller Wahrnehmung, stiegen aus Drüsen, die allein nach dem Tod in Funktion treten, viele Flüssigkeiten, welche in wenigen Tagen den steifen Körper dazu bringen würden, wie Seide und durchsichtig zu werden. Es ist beobachtet worden, daß ein jeder Mensch nicht nur so stirbt, wie er gelebt hat, sondern sich auch in seine Bestandteile auflöst gemäß dem Beruf und den Beschäftigungen in seinem Leben; Servos mußte drei Umwandlungen erdulden, wo für andere eine genügt hätte. So begann im Augenblick seines Todes das Stadium der glanzlosen und spröden Seife, das sich vollendete im Lauf der erleuchteten Totenwache in seinem Haus. Als der Körper des Getöteten überführt und in der schweren und aromatisierten Atmosphäre der Kirche aufgebahrt wurde, begann alles Glanzlose und Spröde zu weichen, und es wurde ersetzt durch den Glanz und die Biegsamkeit, die einzig Kerzenwachs besitzt.

Ungefähr zu jener Zeit erhob sich Dikeos, der sein Leben weder nach der Methode der Eidechse noch nach derjenigen der Seidenraupe gelebt hatte, zwischen seinen wilden und verkrüppelten Johannisbrotbäumen und machte sich an den Abstieg zum großen Dorf, um zu verkaufen und zu kaufen. Grigoris hielt sich in ihrem Rebberg auf, während die Verwandten des Getöteten zu den letzten Vorbereitungen für das letzte Geleit und das Begräbnis schritten. Es wurde bestimmt, daß den Sarg der Reihe nach drei Cousins des Verstorbenen, von denen einer der Hauptzeuge der Anklage war, tragen sollten sowie zwei, drei Neffen (von Servos' drei Schwestern) und sein älterer Sohn, Markos.

Der einzige Bruder von Servos, fünf Jahre jünger, nahm nicht am Begräbnis teil, da er nicht nur außerhalb des Dorfes, sondern auch außerhalb Griechenlands wohnte. Genau gesagt, 1923, nach der Kleinasiatischen Katastrophe, emigrierten Servos' Bruder und weitere vier Männer aus dem Dorf in die Neue Welt, wie man Amerika nannte. Nach vier Jahren kehrten alle Emigranten, außer Servos, zurück ins Dorf, mit etwas Erspartem, das sie sich mit Schwerstarbeit verdient hatten, nämlich mit dem Verlegen von Eisenbahnschienen oder dem Bau von Autostraßen. Andreas Servos, wie der Bruder des Getöteten hieß, kehrte 1929 zurück, als die amerikanische Währung zusammenfiel, das Geld an Wert verlor und viele verarmten.

Auch Georgia nahm nicht am Begräbnis teil; sie blieb zu Hause wegen ihres Fußes. Sie machte sich die Ruhe zunutze und schrieb ihrem Onkel einen kurzen Brief, in dem sie alles, was sich zugetragen hatte, berichtete. Zwei Monate später bekam die Familie einen Kondolenzbrief und dazu einen Scheck über hundert Dollar. Mit diesem Geld und mit den fünfzehntausend Drachmen Schmerzensgeld kaufte Markos ein großes Grundstück, es maß ungefähr drei Morgen und begann bei Dikeos' hohem Johannisbrotbaum, folgte dem Flußlauf und endete beim dritten Katarakt. Auf dem Grundstück standen fünfundsiebzig Johannisbrotbäume und siebenundzwanzig Olivenbäume, und es eignete sich für den Anbau von Getreide und Hülsenfrüchten. Als Servos' Bruder nach Griechenland zurückkehrte und für einen Tag das Dorf besuchte, wünschte er auch das Grab des Getöteten zu besuchen. Markos fragte ihn, ob er das Grundstück sehen wolle, das sie dank seiner Unterstützung gekauft hätten, doch der Emigrant lehnte es ab, bis zum zweiten Katarakt hinaufzusteigen, indem er dringende Angelegenheiten in der Stadt, wo er sich vorläufig niedergelassen hatte, vorschützte. Schließlich ging er zurück in die Neue Welt, nachdem sich die Wirtschaft dieses großen Landes erholt hatte.

Gemeinsam mit den entfernten und nahen Verwandten folgten fast alle Dorfbewohner dem Leichenzug vom Haus zur Kirche und danach zum Friedhof. Sogar politische Gegner des Toten, sehr wenige natürlich zwischen seinen liberalen Freunden, kamen nicht nur und erwiesen ihm die letzte Ehre, sondern zeigten besondere Ergriffenheit. Es schien sogar, daß der Tote, hätte er ins Leben zurückkehren können, und wäre er auf dem Wahlzettel der Veniselos-Partei aufgeführt worden, zumindest in seinem Dorf die absolute Mehrheit erreicht hätte. Doch niemand weiß, wie Servos auf diese ganz und gar spekulative Annahme reagiert hätte, die sein erster Cousin zum besten gab, bevor man den Sarg hochhob. Über den politischen Einfluß jedoch, den Servos ausgeübt hatte, wurden viele Worte verloren in der Leichenrede, die in der Kirche gehalten wurde, und er wäre mit Gewißheit äußerst zufrieden gewesen, hätte er sie vernommen. Aber da es ein Ding der Unmöglichkeit ist, sichere Hypothesen in bezug auf die Empfindungen der Toten aufzustellen, kann in dieser Angelegenheit einzig gesagt werden, daß die Seinen, mochten sie noch so tiefbetrübt sein, großen Stolz empfanden. Und damit der Privatsekretär des liberalen Kandidaten, den Servos repräsentierte und im Dorf unterstützte, auch wirklich am Begräbnis teilnehmen konnte, schob die Familie des Toten die Feierlichkeit um gut eineinhalb Stunden hinaus.

In der Tat, inmitten des Wahlrummels wies Servos' Abgeordneter seinen Sekretär telefonisch an, ins Dorf zu gehen und in seinem Namen am Begräbnis des Gesinnungsfreundes zu sprechen. Um halb zwölf fuhr ein kleines Auto auf den Dorfplatz, beklebt mit Fotografien von Veniselos, wie das üblich war, und vom Kandidaten, der in den drei vorangegangenen Parlamentsperioden Abgeordneter gewesen war, immer mit der Partei der Liberalen. Dank dem Wahlerfolg vom 19. August wurde Servos' Abgeordneter, Evtichis' Taufpate und Arzt von Beruf, zum stellvertretenden Minister für Gesundheit und Wohlfahrt ernannt und gelangte so zu höchsten Würden.

Der Sekretär drückte als erstes die Trauer und den Abscheu des Abgeordneten über den tragischen Tod von Servos aus. Jener ließ versichern, daß, wenn sich das Land nicht in dieser kritischen Situation vor den Wahlen befunden hätte, er selber gekommen wäre, um dem Verstorbenen die Ehre zu erweisen und den Kranz persönlich niederzulegen, den er nun sende. Und daß die Partei unbegrenztes Vertrauen in die Polizei hege und er persönlich glaube, daß deren koordinierte Anstrengungen zur Entdeckung und zur Verhaftung des Täters führten. Daß Friedsamkeit, Ruhe und Ordnung die grundlegenden Elemente des liberalen bürgerlichen Staates seien. Die Regierung, welchselbige als triumphierende Siegerin aus den Wahlen vom übernächsten Sonntag hervorgehen werde, sie werde sich auf diese Prinzipien stützen, bestärkt durch das Vertrauen des Volkes.

Die ganze Trauerrede hätte von einem objektiven Zuhörer für einen Wahlsermon gehalten werden können, obwohl der Redner sich oft, und wie es sich geziemte, auf die Persönlichkeit des Toten und auf dessen Taten als guter Bürger und Patriot während der schlimmen Jahre von 1914 bis 1916 bezog. Dennoch, der wichtigste Punkt der Rede war die Andeutung, die sogar zweimal geäußert wurde, es sei nicht auszuschließen, daß der Mord am Bürger und Demokraten das Werk von Verschwörern gewesen sei. Daß jene, die Servos erschossen hätten, die griechische Demokratie und den liberalen bürgerlichen Staat hätten treffen wollen. Die Pflicht guter Patrioten sei es nun, ruhig Blut zu bewahren und gleichzeitig wachsame Verteidiger der Verfassung zu sein.

Ein genauso gewichtiger Punkt war, daß, während alle um Dikeos' Täterschaft wußten, der Redner sich nie konkret oder namentlich auf jemanden bezog, sei's, weil er nicht dazu gekommen war, sich zu informieren, sei's, weil er dem, was vorgefallen war, größere Dimensionen verleihen wollte. In der ersten Vernehmung aber, der sich Grigoris unterzog, kaum war er ins Dorf zurückgekehrt – in der Innentasche seiner Weste hatte er die leere Hülse –, fragte ihn der Wachtmeister, ob sein Vater andere politische Anschauungen habe als die, zu denen sich der Tote bekannt habe. Grigoris aber, obwohl verwirrt von der Tatsache, daß er Beweismittel in seinen Händen hielt, äußerte sich nur bezüglich des gemeinsamen Dienstes von Servos und Dikeos als Freiwillige in Veniselos' Miliz; und sie hätten sogar von 1920 an, dem Jahr der großen Niederlage der Liberalen Partei, denselben Abgeordneten gewählt.

Zwei Monate später sprach Servos' Cousin, den die Leichenrede beeindruckt hatte, im Lauf des Mordprozesses von der Möglichkeit einer politischen Verschwörung, dies nach einer geschickten Frage von seiten des veniselischen Anwalts. Doch weder der Staatsanwalt noch sonst jemand unterstützte diese Ansicht, vielleicht, weil die Liberalen in den Wahlen 223 von 250 Sitzen gewonnen hatten, vielleicht auch, weil Dikeos' Sohn, der am Prozeß anwesend war, offen und deutlich eben jenen Favoriten von Servos gewählt hatte.

Im Gegenteil, das Gericht akzeptierte gewisse mildernde Umstände, und dies nicht aufgrund von Dikeos' Verteidigungsrede oder des Plädoyers des Verteidigers, sondern weil die Haltung wie auch die Mentalität des Täters es nicht anders zuließen. Entweder mußten also die Geschworenen die Anklage auf vorsätzlichen Mord gutheißen, und dann würde der Täter sich dem Exekutionskommando gegenübersehen, oder sie mußten gewisse mildernde Umstände akzeptieren – das bisherige ehrenhafte Leben, die Verwirrung des Täters zur Zeit des Mordes und die Möglichkeit eines Unfalls. Es war sogar augenfällig, daß die Strafe von vierzehn Jahren für Dikeos, hätte er sich freiwillig und sogleich nach dem

Mord gestellt, hätte er nicht zum Argument der Drei- und der Neuntagefrist gegriffen, der Trauer und der Zerknirschung der Verwandten, wohl geringer ausgefallen wäre. Was die Möglichkeit eines Unfalls anbetraf, so berief sich weder Dikeos noch der Anwalt darauf, obgleich während der Rekonstruktion und während der Vorverhandlung der Täter selbst etwas Derartiges vorgebracht hatte. Während des Prozesses aber, obwohl der Vorsitzende dem Angeklagten dessen Verteidigungsrede vorlas, zeigte Dikeos nicht das geringste Interesse für diesen bedeutsamen Punkt.

Über Dikeos' Unlust, sich, wie es angemessen gewesen wäre, zu verteidigen, wunderte sich selbst Grigoris, der seinen Vater in einer Verhandlungspause schließlich fragte, aus welchem Grund denn er sich nicht auf einen Unfall berufen habe. Dikeos gab nicht nur keine Antwort auf diese Frage, er begann sogar, die Grundzüge einer Theorie auszubreiten, die derjenigen mit den aktiven und gleichzeitig passiven Aspekten des Lebens ähnelte. Das Zufällige und das Vorsätzliche bezögen sich auf das Passive und das Aktive, ohne daß es jedoch eine klar begrenzte Trennungslinie gebe – Grigoris verstand sozusagen nichts. Ähnliche Schwierigkeiten hatte er mit Dikeos' Briefen aus dem Gefängnis; Grigoris vermochte in den allerwenigsten Fällen den Gedankengängen seines Vaters zu folgen, obwohl alle diese Theorien sehr naiv formuliert waren und gewöhnlich von alten Geschichten her stammten, die man im Lauf des Lebens des öfteren zu hören bekommt. Im Falle von Dikeos hatte die Lektüre gewisser populärer Heftchen und der über Jahre anhaltende Kontakt mit Almanachen großen Einfluß. Zu diesem Schluß kamen auch jene, die nach einigen Jahren zufällig im Haus von Dikeos auf die Briefe stießen.

Nachdem nämlich Grigoris den Tod gefunden hatte, und als für Markos die Jahre der Flucht zu Ende gegangen waren mit der neuen Regierung von 1935, versammelte sich Servos' Familie erneut und brachte, auf den Vorschlag eines veniselischen Anwalts hin, die Frage nach einer nachträglichen Entschädigung der Witwe wie auch der Waisen auf den Tisch. Sie strengten einen Prozeß an und forderten Dikeos' Immobiliarvermögen, das nun nach dem Tod sämtlicher Mitglieder der Familie ungeschützt war. Da die wenigen Verwandten von Dikeos weder Interesse zeigten noch in der Lage waren, sich in langwierige Prozesse zu verstricken, zudem mit starken und erfahrenen Gegnern, wurde der geforderte Besitz nach diversen juristischen Schriftwechseln eingezogen.

Das Grundstück mit dem hohen Johannisbrotbaum und der Rebberg mit dem Häuschen wurden zu einem Tiefstpreis von Servos' Schwiegersohn, Agapis Mann, gekauft. Der neue Besitzer riß die Rosaki-Stöcke aus, da die dicken Rosinen zu keinem guten Preis abgesetzt werden konnten, und pflanzte eine kleinere Sorte für Sultaninen. Es gelang ihm sogar, den Eigentümer des anliegenden steinigen Ackerlandes zu überreden, es ihm zu verkaufen, so daß nach ein paar Jahren ein Rebberg entstand, der vier oder fünfmal so groß war wie der ursprüngliche. Die Rosinenproduktion wuchs, aufgrund besserer und effizienterer Kultivierung, auf das Siebenfache. Das Haus im Dorf aber und einige entfernt gelegene Grundstücke wurden von derselben Flüchtlingsfamilie erstanden, der Grigoris 1928 die beiden Felder im Tal verkauft hatte. Diese Leute reinigten das alte und unbewohnbare Haus, und sie fanden zwischen vielen unbrauchbaren Dingen ein dickes Bündel mit den zensurierten Briefen aus dem Gefängnis, welche die wichtigsten Theorien des Häftlings enthielten.

Die interessanteste Theorie von Dikeos war jene, die sich mit den verschiedenen Arten beschäftigte, wie jemand sich verbergen und tarnen kann, der einen Mord begangen hat und der einerseits seine Verhaftung verhindern will, bis die neun Tage der Trauer abgelaufen sind, anderseits sich nicht von seinem angestammten Ort entfernen will. Von dieser Methode, die wiederholt im Kaffeehaus des Dorfes erörtert wurde, hatte der Mörder wahrscheinlich zu der Zeit erfahren, da er als Milizionär auf dem Festland gedient hatte, denn weder einer der Dorfbewohner noch die Ortspolizei hatte je etwas Ähnliches gehört. Wie erfolgreich diese Methode wirklich war, wurde daraus ersichtlich, daß, obwohl die Polizei und einige Dorfbewohner die Johannisbrotbäume und das umliegende gebirgige Gebiet mehrfach abgesucht hatten, Dikeos, der sich, wie er später eingestand, die neun Tage an genau diesem Ort verborgen gehalten hatte, völlig unsichtbar geblieben war. Erst als die neun Tage vergangen waren, verließ der Flüchtige aus eigenem Antrieb sein Versteck; er setzte sich an einen gut sichtbaren Platz und wartete, daß sie kämen, ihn zu verhaften. Und tatsächlich, am elften Tag nach dem Mord – es war Samstag, der 18. August, der Tag vor den Wahlen – konnte ihn das Detachement schließlich finden und verhaften, ohne daß er Widerstand leistete; er war gerade dabei, sich unter einem Johannisbrotbaum zu erleichtern. Er bat sie, ihn die Notdurft verrichten zu lassen, und nachdem er die Hose hochgezogen und die Schärpe gestrafft hatte, trat er in die nahe Hütte, ergriff das Gewehr und die fünf polierten Patronen und ergab sich.

Das einzige Mal, wo Dikeos seine Verhaftung riskierte, war am Vormittag des zweiten Tages seiner Flucht, zur Zeit des Begräbnisses von Servos.

Dikeos beschloß, sich kurzfristig nicht zu verstecken und zum großen Dorf hinunterzusteigen, um seinen Ring zu verkaufen und sich Eßwaren und Tabak für die verbleibenden Tage zu besorgen, denn der Zwieback, den er von zu Hause mitgenommen hatte, war bereits aufgebraucht. Er rechnete sich aber aus, daß die Wahrscheinlichkeit, erkannt zu werden, selbst in dem Fall, daß die Identität des Mörders bereits bekannt geworden wäre, äußerst gering war. Und dies nicht nur, weil er selten zum großen Dorf hinunterkam und dort weder Bekanntschaften hatte noch Beziehungen pflegte, sondern hauptsächlich, weil alle Bewohner seines Dorfes am Begräbnis teilnehmen würden und es deshalb sehr unwahrscheinlich wäre, daß sich einer von ihnen im Hauptort aufhielte.

So betrat Dikeos das große Dorf, und er staunte über die Menge, die auf dem Markt kaufte und verkaufte; er versuchte sich zu erinnern, in welcher Straße sich der Geldwechsler befand. Eine andere Menge hatte sich in der Kirche seines Dorfes zum Begräbnis versammelt, während Servos, im offenen Sarg, bereits vom Stadium der trüben Seife in die Durchsichtigkeit und den Glanz des Kerzenwachses getreten war. Wegen der vorgerückten Stunde, der Hitze der Jahreszeit und des Atems so vieler Menschen, wegen der brennenden Kerzen, Produkte der Familie des Toten, und wegen der Wirkung der Augustblumen –

Geranien, Margeriten und hauptsächlich weiße Lilien der Jungfrau Maria – geschah die Umwandlung des Körpers schnell und vollständig. Es blieb noch das letzte und wichtigste Stadium der Verwandlung in Seide, doch dieses durchlief Servos weit weg von den Augen der Verwandten und der Freunde, in den dunklen und verborgenen Tiefen der Erde.

Eine entsprechende Veränderung, anders jedoch in ihrer Art, machte zur selben Zeit der Mörder durch, als er schwitzend und durstig durch die engen türkischen Straßen des Provinzhauptortes irrte. Als er jedoch die kleine Bude des Geldwechslers betrat, spürte er die Kühle des gedeckten Hauses, und er schnaufte dankbar auf. Dann setzte er dem Edelmetallhändler, der gleichzeitig Uhren- und Nähmaschinenreparateur, wandernder Fotograf und praktischer Weinchemiker war, auseinander, daß ihn große Not zwinge, seinen Ring zu verkaufen. Der Händler hielt diesen Entschluß für ein Zeichen schlimmster Armut, wo doch der Ring selbst bei Verwitweten bis zum Tod am Finger bleiben soll. Dieser Gedanke ging ihm ein ums andere Mal durch den Kopf, während er sich bemühte, dem Kunden helfend, den Ring von dessen Finger zu streifen. Doch erst nach längerer Zeit und nachdem er eine Menge Seife aufgetragen hatte, gelang es ihnen, den Ring abzuziehen, der dort, wo er gesessen hatte, einen hellroten Kreis hinterließ.

Der Ring wurde auf gerade hundertneunzig Drachmen geschätzt, da, wie der Geldwechsler erklärte, sich das Metall in so vielen Jahren an des Mannes Hand abgenutzt habe, anderseits die Feinheit des Goldes nur mittel sei. Mit diesem Geld kaufte Dikeos drei Oka Zwieback, zwei Oka Oliven, eine Schachtel mit hundert Zigaretten und etwas Tabak samt Zigarettenpapier. Für einen Augenblick dachte er auch daran, eine halbe Oka Zucker zu kaufen, denn ihm war bewußt, daß ein Flüchtling in den langen Stunden, in denen er sich verborgen halten muß, oftmals Lust auf etwas Süßes verspürt – und daß diese unvernünftige Lust ihn dazu treiben kann, sein Versteck zu verlassen und sich vor der Zeit zu ergeben. Doch dann fiel ihm ein, daß ihm zu dieser Jahreszeit Feigen und Trauben zur Verfügung standen, sollte er Lust auf Süßes verspüren; Tabak und Brot jedoch wuchsen nicht unter freiem Himmel. So kehrte er zu seinen Johannisbrotbäumen zurück, obwohl ihn der eilige Aufstieg und die Hitze erschöpften; es war etwa um die Zeit, wo der Priester das letzte Gebet sprach über dem offenen Grab von Servos und die Menschen eine Handvoll Erde auf den Sarg warfen, kurz bevor man die Platte darüberlegte und das Grabmal mit Mörtel und Kalk versiegelte.

Nach weniger als einer halben Stunde war Servos ganz allein, und es begann der Wechsel vom Stadium des weichen Wachses in die erste Phase der Verwandlung zu Seide. Dikeos, ebenso allein, bemühte sich, den Rhythmus des Sichverbergens und der Tarnung wiederzufinden, der durch das Bedürfnis nach Lebensmitteln und Tabak vorzeitig unterbrochen worden war. Er hatte die Zeit vom 8. August, dem Tag des Mordes, bis zum 16. August, dem Totenritual nach den neun Tagen, in drei gleiche Teile geteilt, entsprechend den Grundarten des Sichverbergens und der Tarnung, und so beeilte sich Dikeos, so schnell wie möglich in seinen Schlupfwinkel zurückzukehren, damit der erste und wichtigste Teil seiner Neun-Tage-Prüfung nicht kürzer ausfiele als die anderen beiden. Er dachte sogar daran, das ganze Prozedere um einen Tag zu verschieben, da er gleich nach dem Mord ein paar Stunden verloren hatte mit der Suche nach einem geeigneten Versteck und am Tag darauf wieder so viele wegen seines Abstiegs in den Hauptort. Schließlich aber entschied er sich dafür, den ursprünglichen Plan beizubehalten, denn, so sagte er sich, ein paar Stunden in neun Tagen waren von nicht so großer Bedeutung. So würden also der Mittwoch des Mordes, der Achte des Monats, der Donnerstag und der Freitag nach der Art und Weise des Dachses vergehen, die drei Tage vom Samstag, 11. August, bis zum Montag, 13. August, nach der Art und Weise des Rebhuhns und die letzten drei Tage (Dienstag, 14., Mittwoch, 15., und Donnerstag, 16. August) nach der Art und Weise des Steins.

Viele glauben, das Sichverbergen nach der Art und Weise des ländlichen Dachses sei relativ leicht und angenehm, und vielleicht mögen gewisse Zeiten dieser Periode tatsächlich danach aussehen. Dennoch sind von seiten des Flüchtlings große Disziplin und Konzentration vonnöten, da er sich sonst in der scheinbaren Bequemlichkeit dieser Tage vergißt und entdeckt wird. Und da er so plötzlich aus dem freien Leben in die Enge des Verstecks tritt, in die Einsamkeit und in die Beschwernis, muß er ununterbrochen seine Lage bedenken in Raum und Zeit, und keinesfalls darf er weder den Augenblick des Mordes noch die darauf folgenden Tage aus seinem Sinn verdrängen. Zudem muß der Flüchtige eine Höhle finden, eine Kuhle in der Erde oder einen gewöhnlichen Felsspalt, und dort soll er, zusammengerollt auf dem Erdboden, drei Tage lang bleiben; er ist jedoch frei, zu schlafen, Wasser zu trinken und zu essen. Sollte es ihm nicht gelingen, irgendein Loch zu finden, in dem er verschwinden kann, so hat der Flüchtige die Möglichkeit, sich auf den Boden zu legen und dort zu verharren – es genügt, wenn er ein wenig Erde über sich streut und an den Dachs denkt. Dikeos aber war nicht genötigt, zu einer solchen Art des Sichverbergens zu greifen, denn da er die Gegend kannte, fand er ziemlich leicht seinen Schlupfwinkel unter einem mächtigen Felsen, neben den annektierten Johannisbrotbäumen, wo er drei Tage und drei Nächte blieb, abgesehen von den Stunden, die er am ersten und am zweiten Tag verlor. In den Nächten jedoch begab er sich zu einer Quelle, die sich zwei Kilometer in südöstlicher Richtung befand, innerhalb der Gemeindegrenzen des Hauptorts. Jedesmal ging er und kam er auf allen vieren, wie der nächtliche Dachs, und jedesmal auf einem anderen Pfad. Und zweimal, in der Dämmerung am Donnerstag und am Freitag, zog er sich hinter den Felsen zurück, um sich zu erleichtern; seine Notdurft bedeckte er, wie es der Dachs zu tun pflegt, mit Erde, denn die Exkremente hätten die verräterischen Fliegen und diese wiederum das Detachement der Polizei anziehen können.

Am Morgen des Samstags, des 11. August, des Tags, an dem Markos, Servos' älterer Sohn, verkündete, eines Tages werde er den Tod seines Vaters rächen, schüttelte Dikeos die Erde von seinen Kleidern, ging zehn Schritte weg von seinem Schlupfwinkel, legte sich mit dem Rücken auf den Boden und nahm die Haltung des gejagten Rebhuhns ein. Diese Haltung, während sie entspannt und leicht aussieht, erweist sich in Tat und Wahrheit als besonders beschwerlich, da der sich verbergende Mensch drei Tage und drei Nächte lang ausgestreckt auf dem harten Erdboden verharren muß, die Hände und die Füße in die Höhe streckend, im Bestreben, so zu zeigen, daß sein Körper Teil des Untergrunds ist und jedes Glied ein dürres Holz, wie es eben der gejagte Vogel tut. Der Flüchtige darf nur wenig schlafen und das nur für kurze Momente, und er darf nur ein paar Bissen zu sich nehmen, schnell schnappend und schluckend, damit das Gefühl des Hungers nie verschwindet.

Was den Durst anbelangt, so verhält es sich damit noch schwieriger, denn in dieser Haltung – und besonders im August – verspürt der Flüchtige dreimal mehr Durst als in den drei Tagen des Dachses. So war Dikeos gezwungen, alle zwei Stunden mit kleinen Rebhuhnschritten zur Quelle hinunterzugehen, wo er rasch trank, immer wieder den Kopf wendend, nicht nur zum Himmel, sondern auch nach rechts und nach links, um seine Sicherheit besorgt. In dieser Zeit ging zweimal das Detachement an Dikeos vorbei; ein Glück, daß die Polizisten keinen Hund bei sich hatten. Das Jagdtier hätte unweigerlich den Menschen aufgespürt, und seine Tarnung inmitten der Büsche und Äste hätte ihn nicht gerettet.

Die Widrigkeiten in den Tagen des Rebhuhns quälten, wie es nur natürlich war, den Mörder, gleichzeitig aber machten sie ihn tauglich und stark für die Probe der restlichen Tage. Er selber staunte über seine Widerstandsfähigkeit, da er aus Erfahrung wußte, daß es wenigen Flüchtigen gelingt, die Probe glücklich zu Ende zu bringen, bevor sie sich stellen oder gefaßt werden. Die meisten, entmutigt und erschöpft, eilen in die Berge und verstecken sich mit Hilfe von Freunden und Verwandten, während wieder andere umherirren, bis man sie auf unrühmliche Weise erwischt oder bis sie die Einsamkeit nicht mehr aushalten und sich stellen. Dikeos aber trat bei Sonnenaufgang am 14. August, es war der Vortag von Mariä Himmelfahrt, ungefähr zu der Stunde, wo sein Sohn Grigoris die Trauben zu lesen begann, um bald darauf in den Schlaf der Rinder zu fallen, in die letzte und wichtigste Phase seines Sichverbergens, welche als die drei Tage des Steins, der Trockenheit und des Atavismus umschrieben wird. Genau da liegt der Unterschied zwischen der dritten Periode und den beiden vorangegangenen. Während nämlich der Mörder alle Tage völlig allein durchlebt, einsam und isoliert, muß er in den drei letzten Tagen sich selbst mit all den alten Flüchtlingen und Gehetzten vereinen und sich organisch nach deren Beispiel entfalten. Hier nun das, was man darüber erzählt.

Der Mörder oder wer wegen irgendeines anderen Verbrechens gejagt wird – sei's von einer privaten Person oder sei's vom Staat –, findet einen großen Stein oder einen Felsen, auf dem er sich so ausstrecken kann, daß jede Stelle seines Körpers, vom Kopf bis zu den Füßen, die steinerne Oberfläche berührt. Der Körper muß drei Tage lang fest am

Stein haften, egal, ob der Mensch auf dem Rücken oder auf dem Bauch liegt, und der Verborgene darf in dieser Zeit nur ein Ziel und einen Zweck verfolgen: mit dem fortgesetzten und beharrlichen Dehnen die Länge und die Breite seines Körpers zu vergrößern. Man berichtet sogar, daß während der Zeit der Unabhängigkeitskämpfe flüchtige Patrioten, Gegner des Staates und Männer mit herausragenden Fähigkeiten und höchster Moral, die Oberfläche ihres Körpers um ein Viertel hätten vergrößern können. Die meisten von diesen Männern wurden schließlich festgenommen und, nachdem man sie an den Pranger gestellt hatte, schrecklich gefoltert und dann hingerichtet. Dennoch konnten weder ihre Mitkämpfer, Genossen im Glauben und in der Gesinnung, noch die feindlichen und tyrannischen Soldaten ihre Bewunderung beim Anblick dieser strahlenden Helden mit ihren gedehnten Gliedern und der königlichen Transparenz ihres Körpers verhehlen. Das Hauptsächlichste jedoch, aufgrund dessen sie unsterblich wurden, waren ihre riesigen Augen, die einen großen Teil ihres Gesichts ausmachten und in denen sich – wie alle Augenzeugen übereinstimmend berichteten – fließende Wasser spiegelten. Es ist nämlich eine grundlegende Bedingung, daß der Gesuchte während der drei Tage dauernden Anpassung an den Stein keinen Tropfen Wasser trinkt. Hingegen ist es ihm erlaubt, Durst zu empfinden und sich im Geist reichliches und gurgelndes Wasser vorzustellen. Aus diesem Grund sieht der Flüchtling schließlich das Wasser als vollkommen real, so daß es sich in den Augen spiegelt und dort für lange Zeit bleibt.

In Dikeos' Fall bestand keine Schwierigkeit, den geeigneten Stein zu finden. Am Mittwoch morgen gab er die Stellung des gejagten Rebhuhns auf, wischte die Erde von Kleidern, Gesicht und Händen und stieg auf den Felsen; bei sich hatte er, wie auch in den vergangenen Tagen, das Säckchen mit dem Zwieback, das Säckchen mit den Oliven, den Tabak und Zigarettenpapierchen in einer Menge, die noch gut für zwei Tage reichen sollte.

Die ersten zehn, elf Stunden verstrichen unter einer sengenden Sonne und in einer Windstille, die unnatürlich war für diese Jahreszeit. Dikeos schwitzte heftig, und er spürte mit einer gewissen Befriedigung die Kühle seines eigenen Körpers. Nachdem er so viele Stunden ausgestreckt dagelegen hatte, stellte er auf einmal fest, daß er sich vertikal und horizontal um zwei Finger gedehnt hatte. Als aber um acht Uhr am Abend die Kühle des Berges herunterzukommen anfing, spürte Dikeos mit ziemlicher Enttäuschung, wie er in seine ursprüngliche Größe zurückschrumpfte. Im Verlauf der Nacht und besonders zwei Stunden nach Mitternacht wurde der Mann sogar kleiner und zog sich so zusammen, daß er daran dachte, seine Bemühungen aufzugeben und sich zu stellen. Weil aber in wenigen Stunden der Festtag von Mariä Himmelfahrt anbrechen würde, befürchtete Dikeos, großen Aufruhr im Dorf und noch größeren bei Servos' Verwandten zu verursachen, die sich auf die Trauerfeier vom neunten Tag vorbereiteten. Er beschloß also, auf dem Felsen auszuharren, und er dachte, sein Fall sei wahrscheinlich anders oder vielleicht das Gegenteil desjenigen der Männer, die für die Unabhängigkeit gekämpft hatten, da diese Fremdlinge und Andersgläubige umgebracht hatten, er jedoch hatte einen Nachbarn und Christenmenschen getötet, und dies nicht einmal aus ethnischen, sondern aus privaten Gründen – zu denen die Darlehen, das Ausleihen von Geld gegen Zinsen, der Bankrott und die Konfiszierung von väterlichem Grundbesitz zur Tilgung von Schulden zählen. Trotz alledem folgte er gehorsam der Grundregel der drei Tage des Steins: der atavistischen Vereinigung des individuellen Lebens mit dem aller früheren Gejagten, doch aufgrund seiner Ermattung schaffte er es nur gerade dreizehn oder vierzehn Jahre zurück in die Vergangenheit, und er war wieder in der Zeit, wo er als Milizsoldat, auf dem Festland, zusammen mit Servos verschiedene Flüchtlinge gejagt hatte. Genau zu der Zeit begann er auch, von seinem Kameraden und Nachbarn kleine Beträge auszuleihen. Obwohl er diese Schulden zurückzahlte, aber stets mit einem gewissen Rückstand, wie er selber zugab, blieb immer eine kleine Restschuld bestehen, wie es das Ausleihen von Geld gegen Zinsen eben mit sich bringt. Die Schulden waren gewiß nicht übertrieben hoch, und der Gläubiger übte nie besonderen Druck aus, weder in den zwei Jahren, in denen sie als Milizionäre dienten, noch nachher, als sie ins Dorf heimgekehrt waren. Im Gegenteil, die Ausleihe wurde zwei, drei Jahre fortgesetzt, bis Dikeos im Herbst des Jahres 1920 ausrechnete, daß er aus dem Verkauf der Rosinen und der Johannisbrotschoten nicht nur Servos auszahlen, sondern zudem einen kleinen Gewinn einstreichen könnte.

Hätte der Verkauf dieser Produkte vor dem 1. November stattgefunden, so hätte Dikeos seinen Schnitt gemacht. Doch da er mit dem Einsammeln der Johannisbrotfrüchte trödelte und den ganzen Oktober tatenlos verstreichen ließ und da die Wahlen vom 1. November verheerend ausfielen – Veniselos erlitt eine Niederlage, und zwanzig Tage danach kehrte der König zurück, und das politische wie das wirtschaftliche Leben des Landes wurden auf den Kopf gestellt –, sank der Preis der Rosinen empfindlich. Und als der Vater und der Sohn am Ende des Monats zu den annektierten Johannisbrotbäumen gingen, da waren diese bereits mit Stöcken abgeerntet worden. Trotz alledem schaffte es Dikeos, seine Schuld zu drei Vierteln abzuzahlen, und er bat

Servos, bis Weihnachten zu warten, denn dann werde er dank dem ersten Olivenöl den Rest begleichen können. Doch die geringe Ölproduktion, der schwere Winter von 1920 und die zwei schlimmen folgenden Jahre mit dem Krieg, der Kleinasiatischen Katastrophe und der fünfzigprozentigen Entwertung der Drachme hatten zur Folge, daß der Schuldner nicht nur unfähig war, den Gläubiger zu befriedigen, sondern daß seine wirtschaftliche Lage noch übler war als vorher. So hatte sich im Jahre 1926 Dikeos' Schuld verdreifacht aufgrund der wiederholten Anpassung des Zinssatzes – was ihn zwang, ein Stückchen Land gegenüber dem türkischen Friedhof zu einem lächerlichen Preis zu verscherbeln, damit er Servos zu vier Fünfteln auszahlen konnte. Es ist wohlbekannt, daß einzig der Gewinn neuen Gewinn bringt und daß die Vermehrung des beweglichen und des unbeweglichen Vermögens ihren eigenen Gesetzen folgt, den berühmten Gesetzen des Eigentums und der Anziehungskraft, laut denen die Vermögenselemente einander kraftvoll ziehen und sich gleichzeitig nähren und einander unterstützen in einem Klima der Anhäufung und der Inbesitznahme – und so beobachtete Dikeos manchmal mit Interesse, oftmals aber mit Grauen, als wie wahr sich diese alte Ueberlieferung erwies. Ihm fiel sogar auf, daß jedesmal, wenn er Servos auszahlte, seltsamerweise wieder eine kleine Schuld auftauchte, entweder im Kopf oder in den Papieren des Gläubigers.

Das konnte nur bedeuten, daß Servos' bewegliches und unbewegliches Vermögen kraftvoll sein eigenes schwaches Vermögen an sich zog, bis es vollständig aufgesogen sein würde.

Im Juli 1928, ungefähr einen Monat vor dem Mord, war die Schuld auf rund eintausendachthundert Drachmen angewachsen. Servos setzte Dikeos davon in Kenntnis, er gedenke seine jüngere Tochter zu verheiraten und benötige das Geld dringend. Und obwohl die Wahlen, die anstünden, sich als persönlicher Triumph von Veniselos und seines – Servos' – persönlichen Kandidaten erweisen würden, so werde er doch das Ergebnis abwarten und gleich danach die Verlobung ausrichten. Er gewähre also seinem Schuldner Aufschub bis spätestens zum Tag von Mariä Himmelfahrt; andernfalls solle er ihm den Rebberg mit den Sultaninen und den Rosaki-Trauben abtreten, inbegriffen auch das kleine Haus. Mit dem Mord vom 8. August aber hörte jeglicher Geschäftsverkehr zwischen Dikeos und Servos ein für allemal auf, da weder die Familie des Opfers noch der Sohn des Mörders von den Beziehungen der beiden Männer Kenntnis hatten, und so wurde jene Schuld nicht beglichen. Mit der Entschädigung in Höhe von fünfzehntausend Drachmen, als Schmerzensgeld, und der Konfiszierung von Dikeos' Vermögen nach dessen Tod im Gefängnis und nachdem Grigoris niedergestochen worden war, wurde die

Familie von Servos abschließend ausbezahlt, und das nicht zu knapp, ohne daß dies den Gläubiger und den Schuldner noch gekümmert hätte. So zeigte sich aber ein weiteres Mal, daß eine Schuld früher oder später auf die eine oder andere Art beglichen wird und daß die Anhäufung von Gütern, die im Leben eines Menschen begonnen hat, auch nach dessen Tod weitergehen kann, da das Gesetz des Besitzes und der Gravitation nicht determiniert ist vom vergänglichen Leben der Individuen, sondern von der sogenannten Reihe der edlen Metalle: der goldenen, der silbernen und der kupfernen Münzen.

Der Morgen von Mariä Himmelfahrt dämmerte, und Dikeos' Berechnungen stoppten bei den fünf geschuldeten Goldpfunden; er zweifelte nicht daran, daß sein Körper, statt sich zu dehnen, weiterhin schrumpfte. Die folgenden zehn Stunden verbrachte er in der Lethargie des Flüchtigen mit dem immerwährenden traumhaften Gefühl, der Körper befinde sich im Wasser und dieses ergieße sich über einen hohen Katarakt. Und gleich darauf würde sein Körper wieder in die Höhe hinaufsteigen und wieder fallen, im immergleichen Rhythmus. Als gegen sechs Uhr am Morgen die Priester in den umliegenden Dörfern die Liturgie von Mariä Himmelfahrt begannen, befand sich Dikeos auf einem schwimmenden Holzstück im Fluß nahe beim Dorf; dieser Fluß war auf sonderbare Weise breiter geworden und angeschwollen und rauschte zum Meer hin. Da spürte Dikeos plötzlich und klar, daß er um zwei oder drei Finger in die Länge und in die Breite gewachsen war, während sein Gesicht und seine Augen – er stellte es durch eine Berührung fest – sich um ein Sechstel vergrößert hatten.

Diese Vergrößerung des Körpers hielt die nächsten sechsunddreißig Stunden an, um ungefähr einen Finger in drei Stunden, so daß der Flüchtige am Abend des folgenden Tages, des 16. August, um gut zwölf Finger in die Länge und in die Breite gewachsen war, während sich die Größe der Augen verdoppelt hatte. Am Morgen des 17. August, es war Freitag, zwei Tage vor den Wahlen, erhob sich Dikeos vom Felsen, nahm das Mannlicher-Gewehr, die Patronen, zwei Stück Zwieback und eine Handvoll Oliven – was eben noch von seinen Vorräten übriggeblieben war –, ging fünfzig Schritte bis zu den annektierten Johannisbrotbäumen und trat in die Hütte. Dort drehte er sich die letzte Zigarette, verließ seine Habseligkeiten und stieg zwei Kilometer hinunter zur Quelle des Rebhuhns, um Wasser zu trinken und sich zu waschen. Nachdem er getrunken und als erstes sein Gesicht gewaschen hatte und danach sein Taschentuch, stieg er wieder auf und setzte sich schließlich an einem von weitem einsehbaren Platz, ohne irgendwelche Vorsicht, und wartete auf das Detachement. Eine Stunde später gingen zwei Männer aus seinem Dorf vorbei, gut dreihundert Meter entfernt, und der Mörder winkte mit der Hand zum Zeichen des Grußes. Sie zogen jedoch nicht zum Dorf, sondern in die Berge, und Dikeos überlegte, daß mehrere Stunden vergehen würden, bis das Detachement benachrichtigt worden wäre. So blieb er drei oder vier Stunden an derselben Stelle, in deren Verlauf er seine natürlichen Dimensionen zum größten Teil wiedererlangte. Als er später wieder zur Quelle ging, stellte er fest, daß seine Augen etwas von ihrer Weite verloren hatten, obwohl sie immer noch um einiges vergrößert waren. Eine entsprechende Verkleinerung sah er auch an seinen Händen, welche zusätzlich ein wenig von ihrer Durchsichtigkeit eingebüßt hatten. So, während Dikeos den ganzen Tag durch seine Handflächen hindurch die Sonne hatte betrachten und ganz klar – sie war nur leicht rötlich gewesen – hatte sehen können, so erschien sie nun trüber und in intensiverem Rot. Zu der Zeit, kurz nach Sonnenuntergang, ging einer der beiden Dörfler wieder am Mörder vorbei, nun auf das Dorf zu, und Dikeos zweifelte nicht mehr daran, daß er in zwei, zweieinhalb Stunden gefaßt werden würde. Doch bis die Neuigkeit das Dorf erreicht hatte, die Polizei benachrichtigt war, das Detachement sich formiert hatte, diverse Formalitäten abgewickelt waren, wie dies in solchen Fällen zwangsläufig üblich ist, war es so spät, daß das Unternehmen auf den folgenden

Tag verschoben wurde. Der Flüchtling, der am gleichen Ort verharrte, bis die Nacht einsetzte, begriff, daß er keinen Grund mehr hatte, im Freien zu bleiben; so ging er in seine Hütte und schlief dort bis zur Morgendämmerung des 18. August.

Dann waren die neun Tage verstrichen, und die Trauer wie auch der Mord beschäftigte die Menschen nicht mehr so stark wie zu Beginn. Servos selber hatte sich bereits an seinen neuen Ort gewöhnt, an dem, wie man sich erzählte, die Menschen ihre letzte Ruhestätte finden. Sein Körper jedoch machte noch eine Reihe von Veränderungen durch, die schrecklich sind für die Augen der Menschen, nicht aber für die Natur und den Zusammenhalt des Fleisches selber. Und es wäre wider alle natürliche Ordnung und Harmonie, daß ein Körper über so viele Jahre sich formt, Tag für Tag seine Elemente sammelt, Metall, Salz, Schwefel, Wasser und Körpersäfte, um sie in einem kurzen Moment auszustoßen, ohne Spektakel, Explosionen und Trommelwirbel.

Für die Vorübergehenden mochte Servos' Grabstätte, die er selber vor sechs Jahren eigenhändig errichtet hatte, von außen natürlich immer noch gleich aussehen, auch nach Ablauf der neun Trauertage, im Inneren jedoch trennten sich die Elemente, während der Körper im Sarg gesiebt wurde. Dieses Sieben geschieht einheitlich und allgemein und ausnahmslos bei allen, Gerechten und Ungerechten, und es hat nur einen Zweck: die Trennung der Elemente. Die einen steigen in die Höhe, die andern sinken in die Tiefe, so daß im Sarg die Knochen bleichen können. Dies geschah ebenfalls bei der ersten Irini, die 1908 an einem Blutsturz starb. Das Sieben lief in ihrem Fall so gut ab, obwohl das Blut den Körper eingefärbt und die Knochen bis ins Mark durchdrungen hatte, daß, als man das Grab im Jahre 1922 öffnete, die Knochen weiß wie Mastix leuchteten. Dann wusch Agapi die Knochen ihrer Mutter mit Essig, und man legte sie in eine hölzerne Kiste, weil Servos das Grab restaurieren wollte.

Servos achtete in der Tat sehr auf das Erscheinungsbild der Grabstätte, und er legte seine ganze Kunstfertigkeit in die Konstruktion der Nische für die Ikone des Heiligen Eleftherios. Dadurch daß sich das Grab gegenüber dem ziemlich vernachlässigten Grab der Familie Dikeakis befand, fiel seine deutliche Überlegenheit in bezug auf Größe und Konstruktion noch mehr auf. Und es wäre das restaurierte Grabmal noch schöner gewesen, wenn an dem Tag, wo Servos die Nische für die Ikone aufzeichnete, nicht das Unglück mit der Seife und dem Fuß seiner älteren Tochter geschehen wäre. Bis Georgias verletzter Fuß wiederhergestellt war und sich die Dinge beruhigt hatten, blieb die Nische unvollendet. Als Servos schließlich wieder Zeit fand, stellte er fest, daß die ursprünglichen Aufzeichnungen verlorengegangen waren. Trotzdem vollendete er die Nische und stellte die Ikone des Schutzheiligen hinein, der auch wirklich seine Kraft bewies, da nämlich nach der Kleinasiatischen Katastrophe Eleftherios Veniselos wieder an die Macht kam. Hätte Servos zwei Wochen länger gelebt, so hätte er den größten Sieg seiner Partei gesehen.

Die Überlegenheit und die Perfektion des Grabes zeigten sich neun Tage nach Servos' Begräbnis – zu dieser Zeit sprengt der Körper seine physischen Grenzen, und wie die Seidenraupe verästelt er sich über die ganze Fläche seines Kokons. Dann, wenn der Tote von großem Wuchs und stämmig ist, wie Servos, und das Grab unsorgfältig und dünn gebaut, kann es vorkommen, daß die Wände und die Grabplatte brechen und der Körper bis an die Erdoberfläche kommt. Agapi aber, die in den ersten drei Monaten tagtäglich und hernach im ersten Jahr einmal in der Woche das Grab pflegte, nahm in der ganzen Struktur nicht eine Veränderung wahr, da sich sämtliche Veränderungen im Werden und Vergehen tief in der Erde abspielten. Das Weiß des Grabmals blieb makellos, das Öllämpchen brannte immer, und die Blumen der Jahreszeit durchliefen ungestört auf den Grabplatten sämtliche Stadien, beginnend in feuchter Frische, endend in trockener Starrheit.

Während die unzähligen Besuche auf dem Friedhof anhielten und in der langen Zeit der Grabpflege, begegneten sich Agapi und Grigoris dreimal unterwegs, doch sie sahen einander weder in die Augen, noch sprachen sie ein Wort. Agapi ging im ersten Jahr ganz in Schwarz, sogar im Haus, wenn sie die Raupen fütterte, und auf dem Feld oder droben bei den Johannisbrotbäumen. Im zweiten Jahr, entweder weil das Schwarz der alten Kleider abgeschossen war oder weil der Stoff der neuen eine etwas andere Färbung hatte, trug Agapi zwar immer noch Trauerkleider, doch die Intensität des Schwarz war deutlich schwächer. Und so zog Agapi an Ostern 1930, als man erfuhr, daß sie sich mit einem Mann aus dem Nachbardorf – aus dem vor langer Zeit auch Irini die Große gekommen war – verlobt hatte, einen olivfarbenen Rock an, und weitere zwei Monate später, sie hatte die Seidenraupen gefüttert, kletterte sie in grünen Kleidern auf die Maulbeerbäume.

Ihre Hochzeit fiel mit Dikeos' Tod im Gefängnis zusammen, doch Grigoris hätte die Braut nicht besuchen dürfen, auch wenn sein Vater noch am Leben gewesen wäre, allein schon wegen des Mordes. Am Abend der Hochzeit ging Grigoris, der die Nachricht über seines Vaters Tod am Tag zuvor vernommen hatte, zu Fuß zum hohen Johannisbrotbaum; er stieg auf den Baum und blieb dort oben bis zum Morgengrauen sitzen. Dies war die dritte Nacht seit

1916, als sein Großvater umgekommen war und sie den Rebberg mit den Weintrauben verkauft hatten, die Grigoris auf dem hohen Baum verbrachte. Das zweite Mal war in der Nacht von Servos' Begräbnis gewesen, als es schon keinen Zweifel mehr darüber gegeben hatte, daß Dikeos der Mörder war, und Grigoris weder im Dorf noch im Häuschen im Rebberg hatte bleiben können.

Diese Gewohnheit, auf Bäume zu klettern, hatte Grigoris von seinem Großvater übernommen, der an eine heilsame Wirkung glaubte. Das heißt, wenn Menschen derart in Aufruhr geraten und ihr ganzer Körper an einem Kummer leidet, der geradewegs in den Wahnsinn führen kann, so bleibt ihnen keine andere Lösung, als die Erde zu verlassen, sich entweder an einen Ast in der Höhe zu klammern oder auf dem Baum zu hocken oder auf einem Pfosten – oder notfalls auf einer hölzernen oder aus Seilen gefertigten Leiter. Der alte Grigoris führte oftmals die Beispiele jener Männer an, die, von ihrer Liebe zu Gott oder zum Vaterland in einen aberwitzigen Kummer getrieben, jahrelang auf einem Ast ausharrten oder auf einer Säule, fastend und meditierend. So, erklärte der Alte, obwohl der Kummer ein Merkmal der Vernunftbegabten sei, bräuchten auch diese eine gewisse Hilfe, besonders wenn sie unter verrücktem Kummer und vielfältiger Trauer litten. Denn wenn zwei schreckliche und unerträgliche Ereignisse gleichzeitig demselben Menschen zustießen, so laufe er Gefahr, wahnsinnig zu werden. Wenn, zum Beispiel, ein Mensch sterbe und sein Tod gleichzeitig eine unausfüllbare Leere in jemandem hinterlasse, der weiterlebe, dann sei dieses sensible Menschenwesen so bedrückt, daß es auf den Wahnsinn zutreibe. Im andern Fall, wenn jemand sterbe oder auf sonst eine Weise verschwinde, sein Abgang jedoch keine besondere Leere hinterlasse, so gebe es auch da einen Kummer, der aber als vernünftig und harmlos für denjenigen, der ihn leide, angesehen werde. Und der Bekümmerte könne auf der Erde und unter den Menschen wandeln, voller Kummer, doch ohne direkte Gefährdung. Bei der vielfältigen Trauer aber sei die einzige Rettung, wenn man sich auf einen Baum schwinge und in der Welt der Vögel und des immerfort bewegten Blattwerks verharre. Der erste Vorsatz aber müsse sein, es nicht zuzulassen, daß sein Kummer gleichzeitig von drei oder mehr Ereignissen hervorgerufen werde, denn dann rette ihn weder der Baum noch die Gesellschaft der sorgenfreien Vögel.

Aus diesen Gründen bemühte sich Grigoris am Abend von Agapis Hochzeit, nicht gleichzeitig daran zu denken, daß seine Cousine heiratete und davonging, um im Nachbardorf zu leben und endgültig zu verschwinden im Leben wie im Tod – ist es doch so, daß die Frauen auch nach dem Tod bei ihrem Mann sind. Ebensowenig dachte er daran, daß sein Vater gestorben war und gleichzeitig eine Leere hinterlassen hatte im Dorfhaus, im Häuschen des Rebbergs und auf den Feldern. Oben auf dem Johannisbrotbaum dachte Grigoris an nur zwei Dinge, die ihn bekümmerten: daß Agapi heiratete und daß sein Vater gestorben war. Oder daß Agapi weit wegging und daß sein Vater nicht zurückkehren würde ins Dorf, weder tot noch lebendig. Manchmal kombinierte er die beiden Kummer auf verschiedene Art, doch nie dachte er an mehr als zwei Dinge gleichzeitig.

Genau gleich vorgegangen war er in der Nacht von Servos' Begräbnis, am Donnerstag, dem 9. August, während Dikeos bei den Johannisbrotbäumen drüben wie ein Dachs geschlafen hatte. Der Tag des Mordes und der Tag des Begräbnisses hatten so viele Geschehnisse umfaßt, die Grigoris leicht nicht nur in eine wahnsinnige Trauer, sondern sogar in den sicheren Untergang hätten treiben können. Das Auffinden des toten Servos im Rebberg, die Nachtwache neben Agapi, welche die Raupen fütterte, Dikeos' Verschwinden und die Entdeckung der Hülse, die Untersuchungen vor Ort, das erste Verhör, Irinis Marsch und ihre Klagen, all dies bildete verschiedene Gründe und Formen des Kummers – und die mußten, der Erleichterung und der Rettung wegen, geordnet werden.

Die Tatsache zudem, daß Grigoris an Servos' Begräbnis nicht teilnehmen durfte – er war ja der Sohn des Mörders –, daß er das Dorf verlassen und im Rebberg bleiben mußte, während sein Vater durch die rauhen Berge streifte und also kein Helfer für die Traubenernte da war, und ähnliches mehr bildeten eine viel größere Gefahr für sein Leben, und so sah er sich gegen vier Uhr am Nachmittag gezwungen, bis zum Johannisbrotbaum zu marschieren und in dessen Äste hinaufzuklettern. Dort, nachdem er sich in den Zweigen sicher eingerichtet hatte, ordnete er die Geschehnisse des Dienstags und des Donnerstags in zwei Kategorien: in die Kategorie des Mordes, welche das Begräbnis, die Trauer, die Nachtwache und das Leiden der Rinder, und die Kategorie des Exils, welche die Flucht seines Vaters, das Detachement, seine eigene Verbannung aus dem Dorf und den endgültigen Bruch mit Agapis Familie umfaßte.

So verbrachte Grigoris jene Nacht in Sicherheit, hängend wie eine Fledermaus, während über seinem Kopf die Sternbilder des Sommers vorübertrieben und die Milchstraße lautlos, aber unentwegt durch die Dickichte des Himmelsgewölbes zog oder durch die Gärten der Heiligen, wie der alte Grigoris sie genannt hatte. Grigoris erkannte durch die Blätter und die Äste des Johannisbrotbaums einige Heilige: Johannes den Täufer, den Erzengel Gabriel, den Heiligen Panteleimon mit dem heilenden Wasser und die Muttergottes, die sich darauf vorbereitete, in den großen Schlaf zu fallen.

Die zweite Befragung fand am nächsten Tag statt; es war Freitag, der 10. des Monats. Als er vom hohen Johannisbrotbaum in ihrem Rebberg zurückkam, sah er, daß vor dem Häuschen der Wachtmeister und ein Gendarm auf ihn warteten. Der Wachtmeister fragte ihn ohne Umschweife, ob er am Vorabend seinen Vater gesehen habe, ob er ihn mit Brot und Zigaretten versorgt habe, und betonte vier- oder fünfmal, falls er seinen Vater wirklich lieb habe, so müsse er mit der Polizei zusammenarbeiten, damit man seinen Vater eine Stunde eher festnehmen könne. Grigoris entgegnete, er habe seinen Vater seit Dienstag abend nicht mehr gesehen, und wiederholte fast wörtlich, was er bei der Befragung am Donnerstag mittag, kurz vor Beginn von Servos' Beerdigung, ausgesagt hatte.

Diesmal jedoch war seine Lage um einiges ernster, und zuerst vermochte er seine die ganze Nacht dauernde Abwesenheit vom Dorf und vom Rebberg nicht zu rechtfertigen. Das Herumstreifen aus Kummer und das Übernachten in den Bäumen waren in Grigoris' Augen schwache Argumente, und er zog es vor, die Dinge nicht noch mehr zu verwirren. So rechtfertigte er seine Flucht als ein Resultat der

Furcht – was stets akzeptiert wird von den Organen der Macht. Und in der Tat, der peloponnesische Wachtmeister, der unterrichtet worden war über die lokalen Sitten der Blutrache, zeigte sich befriedigt von Grigoris' Begründung, er habe um sein Leben gefürchtet und deshalb auf den Feldern geschlafen.

Diesmal verzichtete der Kommandant des Detachements auch darauf, Grigoris nach seinem politischen Credo und nach den Überzeugungen seines Vaters zu fragen, nicht nur, weil dies bekannte Tatsachen waren, sondern auch, weil diese Frage nicht wesentlich zur Festnahme des Täters beitrug. Im Gegenteil, er verlieh dem Problem des Mordes Dimensionen, die zu untersuchen zu dieser Stunde sehr schwierig waren. Selbst bei Dikeos' Festnahme, am Morgen des Samstags, des 18. August, es war der Vortag der Parlamentswahlen, und obwohl der Täter zu dieser Frage vernommen wurde und eine sachdienliche Antwort gab, befand der Wachtmeister, daß weder die Frage noch die Antwort für die Polizei von besonderer Bedeutung seien, da doch ihre allererste Pflicht, die Festnahme des Gesuchten, erfüllt war. Bei dem Wahlkampfklima aber, das an diesem Tag herrschte, konnte eine derartige Frage ohne weiteres gerechtfertigt werden.

Bei diesem politischen Klima und dem allgemeinen Gefühl, daß aus den Wahlen die stärkste Veniselos-

Regierung seit je hervorgehen würde, machte sich Grigoris bereit, am Mittag des 19. August ins Dorf zu gehen, um zu wählen. Vorher warf er noch einen Blick auf die aufgehängten Rosinen und besprengte sie mit einer dünnen Pottasche-Lösung, da sich in der vergangenen Nacht Tau gebildet hatte. Die Traubenlese hatte bereits am Tag nach Mariä Himmelfahrt begonnen, und während der Tatrekonstruktion, am Samstag, dem 18. August, bekam Dikeos Gelegenheit, zwischen den Fragen und der Beweisaufnahme der Polizisten Grigoris' Arbeit zu kontrollieren und ihn mal deutlich, mal nur in Andeutungen an alles zu erinnern, was mit dem Tau, den Pottasche-Lösungen und der richtigen Trocknung der Rosinen zusammenhing.

Als Grigoris auf die Theke mit den Wahlzetteln zuging, beschloß er aus nicht bekannten Gründen, im Gegensatz zu dem, was er bei den Wahlen von 1926 getan hatte, öffentlich zu wählen. Der offizielle Stimmenzähler, der sich an den Anblick der begeisterten Veniselos-Anhänger gewöhnt hatte, die seit dem frühen Morgen öffentlich wählten, zwang Grigoris nicht, sich hinter den Vorhang zu begeben, um dort sein Wahlrecht im geheimen auszuüben, wie es das Gesetz eigentlich vorschrieb. Er bemerkte jedoch, daß der Wähler, während er vorsichtig den Kandidaten, welchen Servos unterstützt hatte, ankreuzte und den Wahlzettel mit einer gewissen

Hast faltete, bevor er ihn in die Urne warf, im Gegensatz zu all den anderen die Wahllisten der übrigen Parteien einsteckte. Als am Abend, lange nach Sonnenuntergang, die Urnen geöffnet wurden, stellte sich heraus, daß von den 512 gültigen Stimmen die Veniselisten 460 geholt hatten; der Kandidat von Servos allein vereinigte 314 auf sich. Neununddreißig Stimmen erhielt die Anti-Veniselos-Partei, zehn die Bauern-Partei und drei die äußerste Linke.

Diese drei Wahlzettel wurden nach der zweiten Auszählung als ungültig betrachtet, da sie statt des gewohnten Kreuzes links vom Namen des bevorzugten Kandidaten ein Zeichen trugen, das aussah wie ein V. Nur, als man die Wahlergebnisse aus dem ganzen Wahlbezirk in der Provinzhauptstadt zusammentrug, sahen die Stimmenzähler, daß all jene, welche die äußerste Linke gewählt hatten – und das waren nicht mehr als 114 bei einem Total von 15.000 Wahlzetteln der Provinz –, ihre Kandidaten genau gleich gekennzeichnet hatten: mit einem V anstelle des Kreuzes.

Diese Verschwörung – so brandmarkten die Würdenträger der Veniselos-Regierung die Tatsache – wurde in allen Wahlbezirken des Landes beobachtet. Im folgenden Jahr soll die Regierung von Veniselos, welcher mit solch überwältigendem Mehr die Wahlen gewonnen hatte und als Friedensbringer und als

Retter des Vaterlandes betrachtet wurde, sogar der Legislative nahegelegt haben, jenes Sondergesetz »bezüglich Maßnahmen zur Sicherung der gesellschaftlichen Ordnung und zum Schutz der Bürgerfreiheiten« von 1929 zu erlassen, da im ganzen Land vierzehntausendundneunundsechzig in verschwörerischer Weise markierte Wahlzettel gefunden worden waren – der liberale bürgerliche Staat mußte geschützt werden, kostete es, was es wollte.

Für Grigoris jedenfalls verloren die Wahlen ihre Bedeutung unmittelbar nachdem er gewählt hatte; das einzige Indiz, das den Tag von Veniselos' Wahltriumph und den Sohn des Mörders hätte in Verbindung zueinander bringen können, waren die ungebrauchten Wahlzettel, die man nach seinem Tod im Haus fand, gebündelt zusammen mit den Briefen, die ihm sein Vater aus dem Gefängnis geschickt hatte.

Dikeos wiederum wählte weder, natürlicherweise, noch interessierte er sich für den Ausgang der Wahl – er hatte eine qualvolle Woche in Zellen und Transitzentren hinter sich. Da der Häftling wegen der Wahlen nicht geradewegs in den Hauptort überführt werden konnte, blieb er in einer provisorischen Zelle im großen Dorf, bis er am Dienstag oder am Mittwoch in den Provinzhauptort überführt wurde, zusammen mit den Säcken, in die man die Wahlzettel gepackt hatte. Diese Qual von Dikeos begann bereits mit dem Tag seiner Festnahme, da der Wachtmeister befand, der Häftling müsse unverzüglich vom Rebberg zur Polizeistation des großen Dorfes gebracht werden. Als sichersten Weg betrachtete er den Pfad, der von Dikeos' Rebberg zu den Johannisbrotbäumen führte, bei denen er festgenommen worden war, und von dort zum Provinzstädtchen. So würde man vermeiden, das Dorf des Getöteten zu durchqueren, es war der Vortag der Wahlen, dafür war der Weg, den sie zurückzulegen hatten, viel weiter, und der Marsch dauerte folglich zweieinhalbmal so lang.

Grigoris, der mit dem Aufhängen der Traubenbeeren fertiggeworden war, kurz bevor das Detachement Dikeos zur Tatrekonstuktion in den Rebberg führte, bat, nach Beendigung dieser traurigen und zwecklosen Formalität, darum, man möge ihm gestatten, seinen Vater ins große Dorf zu begleiten. Der Wachtmeister zeigte auch in diesem Fall außerordentliches Verständnis, da doch Grigoris kein Risiko darstellte und gleichzeitig kein diesbezüglicher Befehl bestand, wonach es den Verwandten eines Täters verboten gewesen wäre, diesen an den Ort seiner Haft zu begleiten.

Der Marsch begann am Samstag gegen Mittag und dauerte mehr als fünf Stunden – wo zwei bis zweieinhalb normal gewesen wären. Der Wachtmeister sagte zu Dikeos, der ohne Handschellen war, er solle an genau den Stellen des Wegs vorbeigehen, an denen er am Morgen des Mordes vorbeigekommen sei, denn er wolle, wie er betonte, ein paar Fragen klären. Dikeos sah nach der Wäsche in seinem Rebberghäuschen ziemlich ausgeruht und erfrischt aus und kooperierte vollumfänglich mit dem Führer des Detachements, indem er mit besonderer Sorgfalt und in vielen Einzelheiten auf jeden seiner Schritte hinwies, die er, wie er angab, zehn Tage zuvor gemacht hatte.

So wurde es offensichtlich, daß der Weg, dem der Gefangene und seine Eskorte folgten, alles andere als gerade war, sondern einerseits in kleinen Krümmungen verlief, dies aufgrund der Beschaffenheit des Bodens, anderseits in vollen Bögen um Felsen und große Büsche herum. Auf die Frage des Führers, weshalb Dikeos einer so langsamen und verwickelten Route gefolgt sei, wo er doch nach dem kürzesten Weg hätte suchen müssen, wie es alle täten, die in Eile seien oder gejagt würden, erwiderte der Mörder, daß auf diese Weise die Spuren des Menschen vollständig unsichtbar würden – und dies nicht nur für die Augen der Verfolger und ihrer Hunde, sondern auch für den Geist dieser Menschen und ihrer Hunde. Grigoris war von der Antwort seines Vaters beeindruckt, und voller Verblüffung und auch Bewunderung gab er zu, daß sein Vater um vieles vorausschauender gewesen war, als er es sich vorgestellt hatte. Schließlich hatte er ihn, während er am Tag des Mordes und an den anderen Tagen der Flucht Dutzende von Malen in seinem Geist den Weg vom Rebberg bis zu den Johannisbrotbäumen auf den Berg gegangen war, nirgends angetroffen. Als Dikeos gar kurz vor den Johannisbrotbäumen ein perfektes Quadrat beschrieb, mit einer Seitenlänge von dreiunddreißig Schritten, gab Grigoris endgültig zu, daß ein derartiger Weg unmöglich entdeckt werden konnte von jemandem, der zwar im Geist ging, jedoch geradeaus und in Eile.

Gleichzeitig mit all diesen Ereignissen auf ihrem Marsch hatte Grigoris das Gefühl, zwischen ihm und seinem Vater laufe ein ununterbrochener und hartnäckiger Dialog ab, von dem die Polizisten nicht die geringste Ahnung hatten. Im Gegenteil, Grigoris und sein Vater wechselten kein einziges Wort; das ganze Gespräch fand zwischen den Polizisten und dem Gefangenen statt. Grigoris fiel jedoch auf, daß, während sein Vater sich in einem fort an den Wachtmeister wandte und ihm Erklärungen zum Weg gab, in Tat und Wahrheit sie beide miteinander sprachen, und zwar über ihre eigenen Themen, wie über ihren Rebberg, ihre Tiere und die Arbeiten, die erledigt werden mußten. So begann auch er, seinen Vater zu fragen und ihm Antwort zu geben – immer behutsam und im Geist, aber gleichzeitig auf vertraute und ehrerbietige Art, wie es sich gehört für einen Sohn, der mit seinem Vater spricht.

Dieses Gespräch dauerte gegen vier Stunden, so lange eben, wie sie brauchten, um vom Rebberg zu den Johannisbrotbäumen zu gelangen. Dort blieben sie stehen und traten in die Hütte aus Stein, um sich auszuruhen; die Polizisten und Dikeos wollten zudem rauchen. In dieser Zeit herrschte völlige Stille, doch das Gespräch zwischen dem Vater und dem Sohn drehte sich ums Einsammeln der Johannisbrotschoten. Dikeos sagte, in den Tagen, die er dort oben verbracht habe, habe er gesehen, daß dieses Jahr ihre Bäume voller Früchte hingen, und Grigoris müsse spätestens in einem Monat kommen und die Schoten einsammeln und er solle nicht zu spät kommen wie 1920, als sie die ganze Produktion verloren hätten. Zusätzlich gab er Grigoris den Auftrag, etwas an dem Dach der Hütte zu tun, es sei kurz davor, einzustürzen, da es den Stürmen und dem Regen ausgesetzt sei.

Von der Hütte bis zur Quelle des Rebhuhns verlief der Marsch auf die gleiche verwickelte Weise, und Dikeos schlug mehrmals vor, sie sollten vorwärts oder zurück zum Wasser gehen, da er selber einige Male vorwärts oder zurück zum Wasser gegangen sei, und stets auf einem andern Pfad. Der Wachtmeister aber schien keine Neigung zu verspüren, um die Quelle herumzutanzen, und befahl dem Gefangenen, weiterzugehen, zum großen Dorf. Da fragte Dikeos, ob sie ein wenig rasten könnten, um Wasser zu trinken; er wolle sein Taschentuch auswaschen.

Zu diesem Zeitpunkt hatte das Gespräch zwischen Vater und Sohn die wesentlichen Themen behandelt, und es wandte sich Grigoris' Mutter zu, Maria der Leisen, die 1901 bei seiner Geburt gestorben war. Grigoris forderte seinen Vater auf, während der sich mit dem Wachtmeister über die verdauungsfördernden Eigenschaften des Wassers unterhielt, ihm mehr von seiner Mutter zu erzählen, aber Dikeos erwiderte, es sei schon spät, und Grigoris müsse nun in ihren Rebberg zurückkehren. Grigoris, fünfzehn Schritte hinter den anderen, hinkend in der Hitze des späten Nachmittags, bat im Geist seinen Vater, ihn bis zum großen Dorf mitgehen zu lassen. Dikeos hatte nichts dagegen einzuwenden, doch weil die Strecke zwischen der Quelle und dem Dorf in einer einzigen geraden Linie bewältigt werden mußte, beschleunigten die Polizisten und der Gefangene ihren Schritt und ließen Grigoris hinter sich. Als sie die ersten Häuser des Provinzstädtchens erreichten, betrug der Abstand mehr als zweihundert Meter, und Grigoris schien nicht mehr zu ihnen aufschließen zu können. Dikeos hatte die Geschwindigkeit so erhöht, daß die Polizisten gezwungen waren, ihn an der Schulter zu halten, damit er ihnen nicht davonlief. Grigoris sah das Detachement in den Straßen verschwinden, während er zum letztenmal seinen Vater hörte, der ihm laut und auch im Geist zurief, er solle sofort umkehren.

Als Grigoris in ihrem Rebberg anlangte, war die Sonne untergegangen, und die aufgehängten Traubenbeeren waren in der Hitze des Tages bereits welk geworden. In seinem Dorf war die Samstag-Vesper beendet, die Frauen zündeten Feuer an, um zu kochen, die Kinder sammelten sich in den Höfen, und die Männer, gewaschen und rasiert, diskutierten in den Kaffeehäusern über die Wahlen und die heurige Rosinenproduktion. Dikeos' Sohn öffnete die Haustür, trat ins Häuschen und setzte sich auf das Bett seines Vaters. Durchs kleine Fenster sah er die wilden Rosen, den Abhang und den Weg, der zum Dorf führte. Er ging am türkischen Friedhof vorbei, schritt durchs Dorf und gelangte zum christlichen Friedhof. An dessen Pforte konnte er Agapi sehen, sie trug Schwarz.

3

Als Grigoris nach neunzehn Stunden Schlaf erwachte, am Mittag des 15. August, einem Mittwoch, es war das Fest von Mariä Himmelfahrt, stand die Sonne an der höchsten Stelle des Himmels. Zwei oder drei Stunden blieb sie unbeweglich an dieser Stelle, wo, gemäß dem alten Grigoris, die Sonnenscheibe anwächst und ihren Durchmesser bis auf das Vierfache vergrößert. So gelingt es ihr, oben in der gefährlichsten Region des Himmelsgewölbes zu schweben und unbewegt zu verharren wie die schlafende Seidenraupe, die, während sie die Augen geschlossen hält, die Welt tief und klar sieht. Dann wird die Luft wie Feuer, und die ganze Hitze fällt senkrecht auf die Erde. Das hat zum Ergebnis, daß hier Saat und Bäume brennen, dort die Wasser kochen und an einem dritten Ort die Eidechsen auf dem Schwanz stehen, in der Sonne baden und sich verflüchtigen.

Der Erklärungen, welche die Menschen für dieses Phänomen an Mariä Himmelfahrt haben, sind viele.

Die bedeutsamste jedoch, und laut Grigoris die wahrscheinlichste, ging zurück auf seinen Urgroßvater, den alten Pavlos Dikeakis, und hielt an bis zum gegenwärtigen Feiertag des Jahres 1928. Diese Theorie stützte sich auf die sogenannte Analogie des religiösen und des kosmischen Systems, dergemäß jeder Tag einem oder mehreren Heiligen geweiht ist, und analog den Eigenschaften des Heiligen entwickelt sich das Klima des betreffenden Tages.

So müssen am Fest von Mariä Himmelfahrt alle Körper des Himmels und der Erde, alle Geschöpfe der Luft und des Meeres teilhaben am heiligen Schlaf. Am bedeutsamsten ist, daß all diese Körper, während sie sich zu bewegen, sich zu ernähren, wiederzukäuen oder sich zu erleichtern scheinen, in Tat und Wahrheit vollkommen unbewegt verharren in der großen Hitze der ausgedehnten Sonne. Dennoch sollte diese Theorie nicht lange bestehen, denn als Grigoris erstochen wurde, verschwand auch sie mitsamt seinen Habseligkeiten.

Tatsächlich, in der Kühle des Novembers 1931, nach einem warmen Sommer, in dem die Produktion der Rosinen, der Johannisbrotschoten, der Seife und auch der Seide sich um sieben Prozent im Vergleich zum Vorjahr gesteigert hatte, beendete Grigoris sein Leben unter dem hohen Johannisbrotbaum, und er sah mit dem Blick des Todgeweihten nicht nur den Untergang seiner eignen Welt, sondern auch die Zerstörung der Ernte und die Auflösung des ganzen Universums, des sichtbaren wie des unsichtbaren.

Niemand weiß, weshalb er zum obersten Katarakt hinaufstieg, nachdem er doch die Johannisbrotschoten vor vierzig Tagen vom Baum geschlagen und zusammengelesen hatte. Markos aber erklärte, als er sich im Frühling des Jahres 1935 freiwillig dem Detachement stellte, er sei von seiner eigenen Stimme zum Ort des Mordes geführt worden. Und während seiner kurzen Verteidigungsrede, bevor die Akte endgültig geschlossen wurde, betonte er, wenn jemand das Blut eines Menschen vergieße, so vergieße er im selben Augenblick sein eigenes, und genau dies sei mit der Familie Dikeakis geschehen. Natürlich war nun sein Blut oder das seines Sohnes in Gefahr, doch da die Familie von Dikeos ausgelöscht war und Evtichis auf seiten der neuen Regierung war und die Protektion des Abgeordneten genoß, bestand für Markos und seine ganze Sippe, Agapi, deren Mann und deren Kinder, Georgia und Irini die Große, keine Gefahr, weder in der unmittelbaren Gegenwart noch für die ferne Zukunft. Schon ungezählte Male ist beobachtet worden, daß, was die Menschen Gerechtigkeit nennen, direkt abhängig ist von der Habe eines jeden und in Beziehung steht zu den Gesetzen des Eigentums und der Anziehungskraft – und folglich war Servos' Familie nicht in Gefahr, noch geschah ihr Unrecht.

In der Tat, nach Servos' Tod und nach dem Desaster mit den Seidenraupen im großen Regen zwei Tage nach den Wahlen wurde kein weiterer Verlust in der Familie verzeichnet. Alles, was verlorengegangen war, wurde wiedererlangt, und sogar mit Gewinn im Lauf der Zeit. Selbst Markos' Worte, die er am Samstag, dem 11. August, zur Mittagszeit ausgestoßen hatte, verloren ihre Wirkung nicht im Lauf der Zeit – daß er nämlich, wenn nicht den Mörder seines Vaters, so auf jeden Fall den Sohn des Mörders töte, das Hinkebein. Sie waren klar vernehmlich nicht nur für all die Dörfler und die Männer, die im Kaffeehaus saßen und warteten, bis das Mittagessen bereit war, und die Frauen, die sich beeilten, ihre Aufgaben zu erledigen, auch Markos hörte, so sagte er, seine eigene Stimme, wie sie ihn rief nach drei Jahren und drei Monaten. Es geschah nämlich auch in seinem Fall, was in ähnlichen Fällen großer Wut beobachtet worden ist, wo Menschen, in Zorn geraten aus politischen, nationalen oder ökonomischen Gründen, plötzlich einen langen Schrei ausstoßen – ein Zeichen ihres eigenen Widerstands und ihres Mißfallens. Diese Schreie vermögen sich mehrere Jahre in der Luft zu halten, manchmal sogar ganze Dezennien, bis sie entweder von einem andern Menschen mit ähnlichen Empfindungen vernommen werden oder von dem, der sie ausgestoßen hat.

Grigoris seinerseits hörte Markos' Schreie eigentlich nur am Mittag von Mariä Himmelfahrt, kurz bevor er aufwachte und von neuem die Weinlese zu planen begann. Dikeos' Sohn schenkte Markos' Drohungen jedoch keine besondere Beachtung, noch war er beunruhigt. Im Gegenteil, er blieb ungerührt und gleichgültig, sei's wegen der Hitze, sei's wegen seines langen Schlafs. Er war müßig auch bei der Weinlese – was er selber als Folge der allumfassenden Trägheit und Untätigkeit auslegte, die am Tag von Mariä Himmelfahrt beobachtet wird.

Später aber zeigte sich, daß dieses Müßigsein Grigoris die Hälfte der Sultaninenproduktion des Jahres kostete, da die schrecklichen und völlig unerwarteten Regengüsse des Tages nach Veniselos' Wahlsieg die zum Trocknen aufgehängten Trauben mit sich rissen und vernichteten. Gerechterweise muß gesagt werden, daß die Katastrophe diesmal nicht allein und persönlich Grigoris traf, sondern die meisten Bauern der Gegend. Einige hatten sogar einen Verlust von hundert Prozent, und so wurden bei der Verkündung der Wahlergebnisse vom Agrarminister gleichzeitig gewisse Maßnahmen für die von den Überschwemmungen betroffenen Gegenden bekanntgegeben.

Einige Jahre später und nach einer Reihe von finanziellen Krisen während Veniselos' Regierungszeit erinnerten sich die, welche ein besseres Gedächtnis hatten, und vor allem die Menschen aus Grigoris' Provinz, an die Flut des 20. August 1928, und so, wie Menschen gewöhnlich derartige Vorfälle miteinander in Verbindung bringen, behaupteten sie, die vier Jahre in Ruhm und Kraft hätten für die Regierung unter einem schlimmen Vorzeichen begonnen. Aber es ist wahr und wurde eindeutig festgestellt, daß die Abwertung der Drachme um sechzig Prozent im Dezember 1932 nicht auf die Überschwemmung von 1928 zurückzuführen war, sondern auf Mißwirtschaft und Tendenzen zu Spekulationen, die sich in Regimes dieser Art entwickeln und blühen. Natürlich muß auch die internationale Krise und besonders die Abwertung des englischen Pfunds berücksichtigt werden. Da nämlich England offiziell die Golddeckung aufgab und den Zwangsumlauf der Banknoten einführte, entstand, wie jedermann begreift, eine weitere Ursache für den Verfall der Drachme und den Zusammenbruch der Regierung von Veniselos. Dennoch hatte im November 1931 fremdes Geld noch einen gewissen Wert, und deshalb reichten das Goldpfund und die paar Drachmen, die in der blutgetränkten Tasche von Grigoris gefunden wurden, aus für die Bezahlung der Begräbnis- und Gedächtniskosten.

Einen beträchtlichen Schaden erlitt auch Servos' Vermögen, was dessen Familie in eine mißliche Lage brachte, wenn auch nur vorübergehend. Servos selber, wäre er am Leben gewesen, hätte rasch ein Darlehen aufgetrieben, wie er es oftmals in der Vergangenheit getan hatte. Doch weil Markos und Evtichis noch nicht über politische Beziehungen verfügten und weil sich ihr Abgeordneter ständig in der Hauptstadt aufhielt, im Hauptquartier der Partei, wo er sein Bestes gab und gleichzeitig nach einem Posten in der Regierung drängelte, verging eine lange Zeit, bis er sich persönlich für ein Darlehen zugunsten der Familie seines ehemaligen Parteifreundes einsetzte.

Für den Verlust an Rosinen, der nicht mehr als ein Viertel der Jahresproduktion betrug, wurde Servos' Familie so entschädigt, als hätte sie die Hälfte eingebüßt. Für die Seidenraupen jedoch, die in den fürchterlichen Donnerschlägen eingingen, während sie den letzten Tag in ihrem Schlaf lagen, wurde die Familie nur zu einem Drittel des angenommenen Wertes entschädigt. Dieses Unglück wurde von Agapi als Folge des Todes ihres Vaters angesehen, denn niemals sonst war etwas Ähnliches passiert. Während nämlich die Raupen satt und wohlbehütet geschlafen und begonnen hatten, in ihrem Geist das Ende des seidenen Darms zu finden, hatten die Leuchtfeuer der Blitze und vor allem die ohrenbetäubenden Donnerschläge, die nicht selten die sommerlichen Gewitter begleiten, sie aus dem Schlaf gerissen. Sie waren so verängstigt gewesen, daß sie innerhalb kurzer Zeit mit ihrer Produktion aufgehört hatten; die gläsernen, nützlichen und produktiven Kreaturen hatten die Farbe trüben Kerzenwachses angenommen und waren allesamt krepiert.

Zwei Körbe füllte Agapi mit toten Raupen, die sie auf das Feld nahe dem Haus warf. Danach wischte sie die trockenen Blätter und die Äste in den Holzrahmen zusammen, öffnete das geschlossene Zimmer und weißte es vom Fußboden bis zur Decke. Dasselbe tat sie mit dem großen Zimmer, in dem sie vor wenigen Tagen Servos aufgebahrt hatten. Dies fanden die Nachbarn und vielleicht sogar alle Bewohner des Dorfes sehr sonderbar, denn weder die Hausreinigung noch das Weißen der Wände schikken sich für ein Haus, in dem tiefe Trauer herrscht. Was die Seidenproduktion betrifft, so steigerte die sich in den folgenden Jahren und besonders in dem Jahr, in dem Markos Grigoris erstach, in hohem Maß, weil sowohl das Klima als auch allgemeine Umstände die Seidenraupenzucht begünstigten. Dazu bauten Servos' Söhne neben dem kleinen Zimmer einen zweiten Raum zur Raupenzucht und verdoppelten so die Fläche, die von den Rahmen bedeckt wurde.

So, immer in bezug auf die Seide, beeinflußte die ständige Abwertung der Drachme nicht einmal Ende 1932, als die Krise von der Regierung offiziell zugegeben werden mußte, Servos' Familie wesentlich. Im Gegenteil, ihr bewegliches und unbewegliches Vermögen vermehrte sich in Riesenschritten, sogar noch nach Markos' Mord und nach Evtichis' Eintritt in die Gendarmerie. Denn, wie bekannt ist, wenn der Privatbesitz und im besonderen das Kapital eine eigene Kraft bekommen, das heißt, wenn sie die sogenannte Schwelle des Verlangens erreichen, so muß nur noch ein einziges Mal der Prozeß der Zunahme und der Vermehrung anzulaufen beginnen, und nachher folgen sie ihren eigenen Gesetzen und Methoden, so daß ihr Wert weder sich verringert noch sich abnutzt, sondern stetig ansteigt und sich festigt.

Anderseits, bleibt eines Menschen Vermögen aus welchen Gründen auch immer unter der sogenannten Schwelle des Verlangens, braucht es Unterstützung durch andauernde und ansehnliche Darlehen, die wiederum neue Schulden erzeugen. Kommen noch Konfiskationen oder Gelder für verlorene Prozesse hinzu, so geht es mit diesem Vermögen so schnell bergab, daß weder die Gesetze des Eigentums es retten noch das Gesetz der Anziehungskraft für es gilt.

Dies zeigte sich klar und deutlich im Fall von Grigoris und konkret dann, als Dikeos' Sohn, der nach einem kurzen Kampf von Markos erstochen worden war, halb im Wasser und halb auf dem Ufer des Flusses unter dem hohen Johannisbrotbaum lag. So trug der Fluß, der nach den Regenfällen leicht angeschwollen war und über die vielen Katarakte stürzte, einen kleinen Blutfaden mit sich. Anfangs versuchte Grigoris, diesen Faden mit den Händen zurückzuhalten, doch es war unmöglich. Es blieb ihm nur, seinem Blut zu folgen, wie es Katarakt um Katarakt hinunterfloß, aufschäumte und sich kreisförmig in den seichten Stellen des Flusses ausbreitete. Auf diese Weise passierte er die elf Kaskaden und gelangte nach drei oder vier Stunden ins Tal, wo er anhielt.

Der Erstochene versuchte ein letztes Mal – etwas, das in ähnlichen Fällen oft beobachtet worden ist –, sein Blut zurückzuhalten, es Tropfen für Tropfen mit den Händen oder im Geist aus dem Wasser zu ziehen und es wieder in seine Adern zu gießen. Er hielt sich also mit der einen Hand am Johannisbrotbaum, mit der anderen zog er am roten Faden, um ihn aufzuspulen. Doch das einzige, was geschah, war, daß der Faden so angespannt wurde, daß er zu reißen und sich endgültig von Grigoris Körper zu trennen drohte. Deshalb lockerte er nicht nur seine Kraft, sondern ließ willentlich sein Blut frei fließen, ohne daß ihn der Verlust kümmerte und ohne

Schmerz oder Trauer über das Verlorene zu spüren. Er kugelte sich zusammen wie der Igel auf dem Feld, der in dieser Position weder Arme noch Beine hat und dessen sämtliche Habseligkeiten sich in ihm und nirgends sonst befinden. Und so ließ er leicht ihren hohen Johannisbrotbaum los, um sich vom Fluß forttragen zu lassen und unten im Tal inmitten des stehenden Blutes zu verschwinden. Dann ließ er das ganze Feld rund um den Johannisbrotbaum los und mit ihm das andere Feld, auf dem er den einjährigen Hafer und die Hülsenfrüchte angesät hatte. Danach flog Grigoris' Geist schnell und überquerte die Gegend des Tals und die Flanken der umliegenden Berge und gelangte zur Mündung des kosmischen Trichters. So schätzte er zuerst den Wert des Landes, das vor den Verkäufen und den Konfiskationen bewahrt worden war, und ließ es dann ebenfalls los. Dann ließ er die vierzehn Olivenbäume und die entfernten Johannisbrotbäume hinter sich, obwohl letztere ihnen gar nicht vertraglich gehörten. Schließlich kehrte er ins Dorf zurück und stand vor ihrem geschlossenen Haus.

Als erstes zog er den Schlüssel unter dem Blumentopf hervor und trat in den großen Raum, in dem sich die Truhe, das Sofa, der Tisch, vier Stühle und der verhängte Spiegel befanden. All dies ließ er leicht los. Er wagte es nicht, die Truhe aufzumachen, um die Dinge in ihr zu betrachten und zu schätzen und sie schließlich loszulassen. Er sah aber das Bett seiner Mutter, in dem sie mit dem Führer der himmlischen Heerscharen gerungen hatte, die beiden Ölkrüge und das leere Weinfaß, und alles band er zusammen mit dem Blutfaden, und sie trieben leicht weg aus dem Gesetz des Eigentums und aus der großen Herrschaft und Macht der Anziehungskraft. Aber er bekam Schwierigkeiten, als er die Küche betrat, in der sich Gerätschaften befanden, die einmal für das Kochen und das Essen benutzt worden waren. So stand er längere Zeit dort, in den Händen das Besteck, die Bratpfannen, die Schmortöpfe, die Teller und die Tassen haltend. Und vielleicht wäre er dort stehengeblieben, bedeckt mit Servietten, Tischtüchern und beschmiert mit Öl, Kochfett und Saucen, wenn er nicht noch einen weiten Weg durch den nebligen Novemberhimmel hätte zurücklegen müssen. So sprang er durchs Küchenfenster und flog weit in die Höhe, ließ die Glaswaren und die Kochtöpfe hinter sich auf den Küchenboden fallen und in Brüche gehen.

Als er aber rücklings auf dem Erdboden lag, erstochen von Markos, glaubte er zu sehen, wie er in seinen Händen das Kaffeepfännchen hielt, das, so hatte es ihm der alte Grigoris erzählt, aus der Mitgift seiner Mutter Maria stammte. Grigoris freute sich, daß er in all seinem Unglück noch das Kaffeepfännchen besaß, obwohl er selber es niemals benutzt hatte. Aber weil er sich schon müde fühlte und von jenen Kräften niedergedrückt wurde, die laut Aussage von vielen die Körper der Sterbenden kontrollieren, ließ er das Haushaltsgerät irgendwo zwischen seinem Dorf und dem Rebberg los, und das Kaffeepfännchen war wieder dem Gesetz der Anziehungskraft und des Eigentums unterworfen und fiel scheppernd zu Boden.

Da fühlte sich der Erstochene leichter, und sein Blut begann frei zu fließen. Er stellte sogar mit den Augen wie im Geist fest, daß diese Lebensflüssigkeit des menschlichen Körpers, statt nach unten zu fließen und auf dem fruchtbaren Feld zu verschwinden, im Gegensatz zu den Naturgesetzen aufwärts stieg und, anstatt eine gerade Linie zu bilden, die nirgendwohin führt, einen Winkel bildete und langsam eine Kurve machte, die zurück zu Grigoris lief. Und Gewinn und Vermögen und die Dinge des täglichen Lebens, anstatt sich auf dem Boden zu sammeln und mit ihrer Masse und ihrem Gewicht die Sicherheit des Eigentums und des leichten Lebens zu präsentieren, verschwanden nun auf wundersame Weise, wie von Zauberhand, als sie den selbstlosen Weg des Blutes einschlugen. In den großen Zirkel des Verlustes und des Untergangs geriet schließlich auch Dikeos' Rebberg mit all den Sultaninen-Stöcken, den Obstbäumen und mit allem, was das Grundstück noch umfaßte.

Zuerst sahen die Dinge leicht aus, als Grigoris das Haus im Rebberg erreichte. Als er in der Höhe vorbeiflog, umfing er mit dem Blick den ganzen Rebberg und das weiße Haus, und er ließ sie aus seinen Händen gleiten und verschwinden. Doch als er die Türe öffnete und auf der Schwelle stand und links das Bett seines Vaters und an der Wand die Nägel mit den Körben, die Stricke und den Sack mit Zwieback sah, fühlte Grigoris einen großen Schmerz, der in keinem Zusammenhang mit Markos' Messerstich stand. Denn wenn einen die anderen erstechen, so kommt das von außen, und dann kann es der Mensch in seinem Geist vergessen und mit seinen eigenen Händen versuchen, die Wunde zuzuhalten, ohne daß dies natürlich bedeutet, daß er bereits gerettet ist. Wenn aber jemand in das Haus tritt, das sein eigenes gewesen ist, und sich aufs Bett setzt, auf dem er jahrelang geschlafen hat, und die Schränke und die Schubladen öffnet, die nun nicht mehr die seinen sind, wenn also ein Mensch nicht mehr von seinem Haus bedeckt, gewärmt und geschützt wird, so fühlt dieser Mensch beinahe immer, wie beobachtet worden ist, daß es ihn schmerzt und daß er verwundet wird nicht von außen, sondern von innen, das heißt, von seinem Haus selber. In vielen dieser Fälle mag das Gesetz des Eigentums nicht gelten, etwas, das man überprüfen kann, wenn man will, doch das Gesetz der Anziehung gilt nach wie vor.

In diesem kritischen Augenblick und während Grigoris äußere wie innere Schmerzen erlitt, bat er in seinem Geist all jene Kräfte, die alles bestimmen, was mit dem Leben und dem Tod zu tun hat, sie möchten ihm erlauben, den Hausschlüssel mitzunehmen – nichts sonst würde er berühren, nicht einmal einen Nagel in der Wand, nein, er würde alles lassen, wo es gewesen wäre, sicher an seinem angestammten Platz. Aber die Kräfte, die Tag für Tag die sichtbare und die unsichtbare Welt von einem Ende zum anderen durchziehen und gemäß ihrer eigenen Gerechtigkeit das Eigentum, die Verträge und die Titel festlegen und gleichzeitig die Preise des Öls, der Seife und der seidenen Kleider bestimmen, sagten Dikeos' Sohn, er solle den Schlüssel auf dem Tisch lassen und hinter sich die Türe zuziehen.

Grigoris hatte weder die Zeit noch die Kraft, sich zu weigern, und so stürzte er hinaus. Er wurde indes gewahr, daß er trotzdem all die Bilder, die er liebte und die mit dem Haus in Verbindung standen, mit den endlosen Tagen des Winters und des Sommers, mit den schönen Vormittagen oder den schwierigen Nächten, im Geist behalten konnte. So erklomm Grigoris, als Markos sich in die Berge aufmachte und seine Flucht begann, Runde um Runde den kosmischen Trichter, während tief unten das Dorf und daneben der Rebberg mit dem weißen Häuschen glitzerten. Da öffnete der Erstochene wieder seinen zusammengekugelten Körper, streckte sich auf dem Erdboden und ruhte sich aus, wie es bei allen geschieht, die erstochen oder mit einer Kugel aus einem Mannlicher-Gewehr erschossen werden, und natürlich bei allen, die von einem Baum fallen und deren Hirn über die Steine spritzt.

Verluste dieser Art, unwiderrufliche Verluste, vermochte sich Grigoris am Tag von Mariä Himmelfahrt nicht vorzustellen, als er auf seines Vaters Bett lag und döste, inmitten der Reglosigkeit und der Trägheit des Universums. Er besaß immer noch sein Vermögen, und er verfolgte dessen Erhaltung und Vermehrung, was ihm jedoch nicht gelingen konnte. Auch wenn er schließlich sein eigenes Blut die Welt umströmen und sich nach links und rechts verteilen ließ und sah, wie all die beweglichen und unbeweglichen Dinge ihr Gewicht und ihren Nennwert verloren, so geschah dies erst wenige Stunden, bevor er starb. Denn die Natur des Menschen kann sich nicht – und darf sich wohl auch nicht – ändern, außer es bestünden wichtige Gründe, wie der Tod oder der Zerfall bei Lebzeiten.

Sogar dann ist nichts völlig gewiß, und besonders die Frage des Eigentums bleibt unerforscht und dunkel. So wissen wir nicht, ob sich im Fall von Servos, zum Beispiel, etwas änderte und ob der Erschossene in den Stunden, in denen er sein Blut verströmte, die Aufnahme seines eigenen Blutes in den Himmel beobachten konnte – und vor allem, ob er eine Veränderung der Gesetze des Eigentums und der Anziehungskraft feststellen konnte. Gewiß bleibt dennoch, daß beim Schuß Servos' Schärpe aufging und all die Dinge, die er auf sich trug, zu Boden fielen. Dann bückte sich der Mann, wie es nur natürlich ist, um die Münzen aufzulesen, aber, schwer getroffen und niedergedrückt von den Weltgesetzen, vermochte er sich nicht mehr zu erheben. Und es ist nicht auszuschließen, daß auch er für eine gewisse Zeit in die Höhe schwebte, doch sein ganzes Vermögen, sein Geld, sein Öl, seine Seife, seine Seide und sein Grundbesitz blieben fest auf der Erde, und alle fuhren fort in ihrer regelmäßigen Vermehrung, ohne Kreisbewegungen und Abirrungen, die im Gegensatz stehen zur Anziehungskraft und dergleichen.

Zu Servos' Schweben jedenfalls und zum Verlust seines Geldes konnten nur die Dikeakis, Vater und Sohn, genaue Auskunft geben. Besonders die Sache mit dem Geld wurde nie erörtert, nicht einmal zwischen Vater und Sohn. Zu Servos' Schweben aber gab Dikeos wiederholt Informationen, und obwohl er jedesmal Einzelheiten hinzufügte oder über bereits Bekanntes kein Wort verlor, blieb etwas sicher und unabänderlich: daß der Mörder am Morgen des Mittwochs, des 8. August, nicht nur seinen Gläubiger klar durchs kleine Fenster sah und nicht nur ruhig und kaltblütig auf ihn zielte, sondern auch verfolgte, wie die Kugel davonflog und in den Bauch des Opfers schlug, ein wenig oberhalb der Schärpe. Des weiteren, daß er das Gewehr in einem solchen Winkel hielt, daß die Kugel keine gerade, sondern eine gebogene Bahn einschlug, zum Himmel hinauf. So, während eine gewöhnliche Kugel sich geradeaus bewegt, das Ziel trifft und verschwindet, schoß die disziplinierte Kugel des Mannlicher-Gewehrs zuerst geradeaus, aber kurz bevor sie ihr Ziel fand, fuhr sie nach oben und hob Servos und riß ihn weit in die Höhe. Dikeos versicherte Grigoris im Laufe ihres letzten Zusammentreffens in der Zelle der Polizeistation im Hauptort, Servos selber sei dem Spiralflug der Kugel gefolgt, und nicht nur habe sich der Mann ein- oder zweimal um sich selber gedreht, sondern sei in der Luft mehr als zwanzigmal um die eigene Achse gewirbelt. So schwebte der Gläubiger fünf oder sechs Minuten und überflog den ganzen Rebberg; währenddessen zählte er aus der Höhe offenbar die Rebstöcke und die Trauben und stellte Einschätzungen und Berechnungen an. Schließlich kam er zum Ausgangspunkt zurück und fiel auf den Boden, wo er gefunden wurde.

Dieser Besuch von Grigoris, am Montag, dem 20. August, morgens, am Tag der Regengüsse und der Katastrophe, fand nach einer besonderen Bewilligung seitens der Polizei statt und dauerte vier Stunden, von sieben Uhr bis um elf Uhr, als die ersten Regentropfen fielen. Vater und Sohn hatten Gelegenheit, sich während dieser vier Stunden ungestört über alle Ereignisse vom Tag des Mordes, dem 8. August, bis zu jenem Tag des Besuchs zu unterhalten. In diesem Zeitraum aber blickten die beiden Dikeakis nicht nur auf die Ereignisse der vergangenen zwölf Tage zurück – auf verschiedene Arten des Zusammendrängens und Verschmelzens der Zeit –, sondern sie schlossen in ihrem Gespräch alles ein, was von 1901 bis 1928 geschehen war. Anhand von Bezügen auf die Vergangenheit, von Dreiecken, von Vierecken und von Kreisen der Erinnerung sprachen sie über Ereignisse, die mit Grigoris' Geburt begannen und dem Tod von Maria der Leisen und mit dem Mord an Servos endeten. Gleichzeitig mit der Analyse der Familiengeschichte wurde auch das politische, das parteiliche und das ökonomische Leben des Dorfes und der Provinz und in gewissen Fällen sogar des ganzen Landes betrachtet.

Während dieses Gangs zurück in der Geschichte lag Dikeos halb auf der hölzernen Pritsche, Grigoris, in Ermangelung einer Sitzgelegenheit, hockte auf dem Boden. Und die ganze Zeit über naschte Dikeos der Reihe nach von all den Lebensmitteln, welche ihm Grigoris gebracht hatte und die von den Polizisten zugelassen worden waren. Das waren ein halber Korb Rosaki-Trauben, ein Sack Zwieback, Oliven, vier gekochte Eier und eine halbe Flasche Wein. Wegen des Weins hatte es zuerst Probleme gegeben, und der Polizeichef, der die ganze Nacht über wegen der Wahlen und der Auszählung der Stimmen aufgeblieben war, benahm sich unwillig und barsch. Dank dem Eingreifen des Wachtmeisters wurde auch der Wein genehmigt, den Grigoris in einer dunklen Ecke des Dorfhauses aufgetrieben hatte, gerade als die ersten Ergebnisse der Wahlen bekanntgeworden waren, das heißt, am Sonntag kurz nach Mitternacht.

Vom Rebberg brach er um fünf Uhr in der Frühe auf, nachdem er die ausgelegten Rosinen gewendet hatte; am Nachmittag gedachte er, sie einzusammeln. Als er um Viertel vor sieben am Morgen vor dem Polizeiposten anlangte, waren die Rosinen bereits heiß von der Sonne und dampften hellgelb und knusprig auf der Erde. In den vier Stunden, die er mit seinem Vater verbrachte, eingeschlossen in der Zelle, wechselte das Wetter so vehement, daß der Regen, der gegen elf Uhr einsetzte, ganze vier Stunden anhielt; er schwemmte nicht nur die trockenen Rosinen mit sich fort und zerstörte sie, sondern er ertränkte auch viele Tiere und weckte die Seidenraupen auf und vernichtete sie in ihrem dunklen Raum.

Vergeblich versuchte Grigoris bei seiner anstrengenden und seltsamen Rückkehr in den Rebberg, diesen unerwarteten Wetterwechsel zu erklären, und noch vergeblicher kämpfte er darum, seine Schritte im Regen und im Sturm zu beschleunigen. Alles, was er wußte, war, daß er ständig im dicken Schlamm einsank und daß der Regen nicht mehr tropfenweise fiel, sondern niederrauschte wie ein Wasserfall im Fluß oder wie Wassersäulen, die das Gehen immer mühsamer machten. Er hatte sogar das Gefühl, nicht mehr auf dem Erdboden zu gehen, sondern sich irgendwo im unberechenbaren dunklen Meer zu befinden, darauf wartend, von einer Minute zur andern zu ertrinken. Er ließ also im Geist das schlammige Erdreich los, gab die Haltung des aufrechten Menschen auf und nahm die horizontale Lage des schwimmenden Aals ein.

Auf diese Weise legte er fünfhundert oder sechshundert Meter zurück, doch der Rebberg mit den ausgelegten Rosinen war noch weit, und im Regen war es unmöglich, die Distanz zu verringern oder die Geschwindigkeit zu steigern. Nun war es Grigoris, als tönten in seinen Ohren viele verschiedene Stimmen, von denen er nicht wußte, woher sie stammten; ebensowenig konnte er verstehen, was sie sagten. Trotzdem hatte er den Eindruck, diese Stimmen ermunterten ihn und aus ihnen steche eine weibliche hervor; sie schien ihm zugleich bekannt und unbekannt zu sein und, obwohl laut, zugleich sanft und ruhig zu klingen, wie die von Maria, seiner Mutter.

Dikeos' Sohn blieb verblüfft im Regen stehen und malte sich im Geist das untere Dorf aus, das, wie man sagt, dem oberen Dorf entspricht, ihrem eigenen Dorf, in dem die Menschen leben. Nun geschah jenes Merkwürdige, das nicht selten vorkommt und mit der Kommunikation der beiden Dörfer und ihrer Bewohner zu tun hat. Maria, die auf der Schwelle ihres Hauses saß, neben dem alten Grigoris und gegenüber von Servos, der gerade erst Wohnsitz genommen hatte, erhob sich und begann, nach ihrem Sohn zu rufen, in der bekannten Weise der Frauen. Gleichzeitig fingen alle dort unten an, Kinder, Frauen und Geschwister im oberen Dorf zu ermahnen, in die Rebberge zu eilen und die Rosinen zu retten, das Heu auf den Feldern, die Tiere, die ertranken, und die Seidenraupen, die erstickten und krepierten in den Donnerschlägen und den Blitzen. Dies geschah, weil, wie man sagt, das untere Dorf geschützt ist vor Regen und Hitze, doch alle, die dort weilen, verfolgen immer und unfehlbar, was oben vor sich geht, und fühlen jede Veränderung im Wetter und in der Zeit. Ebenfalls heißt es, daß jene Menschen nicht nur die Veränderung des Wetters, die Jahreszeiten und die Temperaturwechsel verfolgen, sondern auch großen Anteil nehmen am Anbau der

Gemüse, an der Aussaat und der Ernte und am Einbringen der Johannisbrotschoten und der Oliven. Dies war der Grund, weshalb zur Zeit des großen Regengusses diese Menschen, ohne daß sie naß wurden, ohne daß sie im geringsten erwarteten, Landwirtschaftsprodukte, Vieh oder Seide zu verkaufen, zu kaufen oder Gewinn daraus zu schlagen, riefen und gestikulierten und hierhin und dorthin liefen, die einen mahnend, die andern bittend, wieder andere, wie Servos, fluchend und drohend.

Nun mit Gewißheit zu sagen, ob Agapi, die sich während des Unwetters im Raum der Seidenraupen aufhielt, die Rufe ihres Vaters vernehmen konnte, ist nicht leicht, denn der Lärm des Regens und die dicht aufeinander folgenden und ohrenbetäubenden Donnerschläge machten jede Verständigung schwierig, wenn nicht unmöglich.

Grigoris aber, als er sich nach ein paar Tagen wieder gesammelt hatte, war sich schließlich völlig sicher, daß die Rufe und die Ermahnungen, die er vernommen hatte, von Maria und vom alten Grigoris stammten. In der Tat, als er den Hang zum Rebberg erklomm, wie ein Aal, sah er zwischen den großen und den kleinen Wassersäulen das Gesicht des alten Dikeakis sich abzeichnen, mal rasiert und, trotz des Alters, rosig, mal sehr bleich, den Mund mit Servos' Wachs versiegelt, die Stirn zerschlagen und blutüberströmt vom Sturz. Doch das Antlitz von Maria der Leisen konnte er, obwohl er sich anstrengte, in den wilden Regenfetzen nicht erkennen. Denn man sagt, niemand könne in seinem Schlaf oder in einer Vision oder auch in einer großen Gefahr ein Gesicht erkennen, das er niemals zuvor gesehen habe, sei's lebendig oder auf einer Fotografie.

Dieses Problem wurde im Laufe von Grigoris' Besuch in der Zelle seines Vaters besprochen, und Grigoris fragte Dikeos, weshalb es in ihrem Haus nicht eine Fotografie von Maria gebe, was ihm geholfen hätte, sich eine Vorstellung vom Gesicht seiner Mutter zu machen. Dikeos, dem diese Frage wiederholt gestellt worden war, befand sich gerade bei Veniselos in den Jahren von 1914 bis 1916, und indem er das Gespräch geschickt manipulierte, gelangte er zu den Familienangelegenheiten im Jahre 1901, Anfang November. Grigoris folgte seinem Vater und betrat mit ihm das obere Zimmer des großen Hauses, in dem Marias Bett stand.

Da sah er, wie der Körper der Frau, die in den Wehen lag, mal lang und gerade wurde, die dünnen Füße reichten durchs Fenster, mal sich zusammenkugelte wie ein Igel und in der Mitte des Betts versank. Aber weil weder die Baumwolle noch die Lappen ausreichten, die Blutung zu stillen, schrien die Nachbarinnen, die da waren, die Männer sollten

Leintücher in breite Streifen reißen und sie der Hebamme geben. Du konntest sehen, wie die Alte zuerst kämpfte, das Kind herauszuziehen, das weiter und weiter herunterkam und im Blutstrom zu ersticken drohte, und sich zur gleichen Zeit beeilte, das Blut zu stillen und es im Zimmer der Gebärenden zu halten. Während im Hof draußen in einem Topf das Wasser brodelte und stets heißes Wasser in Marias Zimmer hinaufgebracht wurde, hörte man plötzlich die Stimme der Hebamme, das Kind habe seine Lage in all der Flüssigkeit und dem Blut gewechselt und nun müsse Dikeos auswählen, wen er wolle, das Kind oder die Mutter. Dikeos, der im Hof das Feuer unterhielt, sagte, er wolle sowohl die Mutter als auch das Kind, doch bei all dem Geschrei und Gerenne gingen seine Worte unter, und die Hebamme steckte ihre Hand tief ins Laub und in die Höhlen des Betts und zog das männliche Kind hervor, das lebte, aber am einen Fuß verkrüppelt war.

Dies ist der Augenblick, so sagt man, in dem der Mensch dasteht und nicht weiß, für wen er sich entscheiden soll – für die Frau, die kaum noch lebt, die Beine weit, das letzte Blut Tropfen für Tropfen vergießend, oder für das Kind, das in einer Schüssel gewaschen wird und schreit. Dikeos aber, um nicht auswählen und die Dinge, die endgültig und unwiderruflich waren, noch nicht akzeptieren zu müssen, sammelte alle Fotografien von Maria und auch die Vergrößerung, auf der das Paar zu sehen war – der Mann, wie er mit übergeschlagenen Beinen dasaß, und neben ihm die Frau, in Sonntagskleidern, stehend, die Hand auf der Schulter ihres Gemahls. Und während alle schrien und umherhasteten, warf Dikeos die Fotografien ins Feuer, nur die Vergrößerung behielt er zurück. Er betrachtete die merkwürdige Pose, welche der umherreisende Fotograf den beiden Körpern verliehen hatte: Der sitzende schien größer als der stehende zu sein. Und je länger er die Fotografie betrachtete, desto kleiner wurde Maria neben ihm, und sie stützte sich bereits nicht mehr auf seine Schulter, der Ausdruck ihres Gesichts irgendwo zwischen Lächeln und Gleichgültigkeit, sondern sie war bereits vollständig unter den Stuhl gezogen worden und versank in der Erde.

Zwei Tage später, kurz vor Marias Begräbnis, war auf der Dorfstraße die Stimme des umherziehenden Fotografen zu hören, der sich über die Kunst der Verewigung mittels der Fotografie ausließ und mit lauter Stimme kundtat, die Körper seien vergänglich und verschwänden, die Fotografien aber lebten von Ewigkeit zu Ewigkeit. Dikeos rannte von seiner Frau weg, die im Totenhemd dalag, bedeckt mit Novemberblumen, holte den Fotografen und führte ihn mitsamt all seinen Apparaten ins große Zimmer, in dem der Leichnam auf zwei Stühle gebettet war. Er bat den Künstler, mit seiner ganzen Kunst, über die er verfüge, die prächtigste Fotografie zu machen, die er je gemacht habe. Der Fotograf beklagte sich, weder die Beleuchtung des Raums noch die Stellung der hingestreckten Frau seien der Aufnahme förderlich. Dikeos aber, obwohl er zugab, daß dem so war, bestand darauf, daß die Fotografie gemacht wurde, mochte sie auch seinen Erwartungen nicht entsprechen. Er meinte noch, eine dunkle Fotografie sei besser als gar keine, ohne Rücksicht darauf, ob man Marias Gesicht inmitten der Blumen sehe – was da sein werde, sei das Papier, und das würde einen Körper bewahren, der in Kürze für immer verschwinden werde.

Dikeos verbarg die Fotografie zwischen Briefen und Rechnungen aus insgesamt achtundzwanzig Jahren. In dem Augenblick jedoch, als Grigoris aus dem Gefängnis des großen Dorfs trat, hörte er, wie sein Vater zu ihm sagte, wo die Fotografie verborgen sei, und er solle sie suchen und sie ihm ins Gefängnis schicken. Grigoris langte nach vier Stunden im Rebberg an, und das einzige, woran er dachte, war, die Rosinen aus dem Schlamm und dem Wasser zu sammeln. Fünf Stunden lang mühte er sich damit ab, Beere für Beere die nassen und halb verdorbenen Sultaninen zusammenzulesen, und schließlich gelang es ihm, ungefähr die Hälfte zu retten und die Beeren ins Häuschen zu tragen, wo sie trocknen konnten.

Als Grigoris am Morgen des nächsten Tages, am 21. des Monats, inmitten von Haufen aufgeweichter Rosinen erwachte, ging hell die Sonne auf, und es versprach, ein heißer Tag zu werden. Nachdem Grigoris die Rosinen ins Freie getragen und sie nochmals vollständig besprüht hatte, kramte er in alten und neuen Umschlägen und fand die Fotografie von Maria der Leisen. Doch auch nun konnte er keine hervorstechenden Merkmale ihres Gesichts erkennen – wohl aufgrund des Alters und der schlechten Lichtverhältnisse zur Zeit der Belichtung. Was er erkennen konnte, war der offene Sarg und in ihm drin ein regloser Körper, so angekleidet und geschmückt, wie es bei den Toten üblich war. Zur Rechten aber, über Marias Körper, erkannte Grigoris das unrasierte Gesicht seines Vaters – es war schräg aufgenommen, damit es Platz hatte auf der Fotografie.

Am Tag des Prozesses hatte Grigoris in einer Verhandlungspause die Gelegenheit, es war, als er seinem Vater etwas Geld aus dem Verkauf der Sultaninen gab, ihn zu fragen, weshalb er nicht auch ihn, seinen soeben geborenen Sohn, in die Arme genommen habe, damit sie alle drei hätten aufgenommen werden können. Dikeos erwiderte, einzig in dem Fall, wo das Neugeborene hätte gegenüber seinem Vater plaziert werden können, die Mutter in der Mitte, hätte die Aufnahme einen Sinn gehabt, und nur dann wäre sie wirklich nützlich und schön gewesen.

Denn wenn auf einer Fotografie auf der einen Seite ein toter Mensch abgebildet sei und auf der anderen zwei Lebende säßen, dann scheine der Fotograf seine Arbeit nicht zu verstehen, denn er habe weder das Gefühl für das Gleichgewicht, noch achte er den Toten. Er verlangte sogar von seinem Sohn, ihm diese Fotografie sofort zurückzugeben. Grigoris, der das Gesicht seiner Mutter ohnehin nicht sehen konnte, zog aus der Innentasche seiner Weste die verblaßte Fotografie und gab sie seinem Vater zurück, ohne später jemals zu erfahren oder sich dafür zu interessieren, was mit ihr nach dem Tod seines Vaters geschah.

Abgesehen vom Thema der Fotografie, das verschiedene Perioden in Dikeos' Erzählung abdeckte, wurde vor allem des langen und breiten in der Zelle das Verbrechen selbst besprochen, das am Morgen des 8. August begangen worden war und das Leben des Mörders, seiner Verwandten und das Leben der Verwandten des Opfers verändert hatte, nebst der Tatsache natürlich, daß es Servos' Tod bewirkt hatte. Ganz besonders wollte Grigoris die Gründe für dieses Verbrechen erfahren und alles, was mit der abscheulichen Tat zu tun hatte.

Dikeos erhob sich von seiner Pritsche, rieb ein wenig seinen rechten Fuß, der eingeschlafen war, und gab seinem Sohn im Verlauf einer Dreiviertelstunde eine Antwort, welche die Zeit von 1909 – als Prinz Georg zum Hochkommissar ernannt wurde – bis zum Vorabend der Wahlen von 1928 abdeckte. Dazwischen streifte er die Periode der Vereinigung mit Griechenland, und nachdem er von der geraden chronologischen Linie abgewichen war, kam er auf so viele lokale Einzelheiten und geographische Veränderungen im alten Griechenland zu sprechen, daß Grigoris, der übrigens niemals die Grenzen seiner Provinz verlassen hatte, seinem Vater nicht mehr zu folgen vermochte und so für lange Zeit allein in der Zelle war. Doch im Herbst 1916, kurz bevor der alte Grigoris vom Baum fiel und starb, kehrte Dikeos ins Dorf zurück, und da vermochte ihm Grigoris wieder zu bekannten Orten zu folgen.

All die Begebenheiten vom Jahr 1914 bis zum Zeitpunkt des Mordes – auch jene, die Dikeos persönlich betrafen, und jene, die in Beziehung standen zum Staat, zu den Wahlen, den Aufständen der Generale, zu den Preiserhöhungen und zu den nationalen Katastrophen – wurden auf die Regeln der göttlichen und der menschlichen Gerechtigkeit zurückgeführt und so erklärt. Dikeos legte des langen und breiten dar, daß der Begriff der sogenannten göttlichen Gerechtigkeit nur in der Verbindung mit der menschlichen Gerechtigkeit bestehe, so daß also erstere nicht ohne letztere existiere. Und die Schlußfolgerung aus diesem einfachen Gedankengang laute, daß das menschliche Recht nicht nur wichtiger sei als das göttliche, sondern daß jedes gerechte Handeln eines Menschen tatsächlich vollkommen göttlich sei.

Die Dinge schienen immer verwickelter zu werden, als Grigoris bemerkte, es sei nicht immer einfach zu entscheiden, wann eine menschliche Tat gerecht sei und wann nicht, doch sein Vater lachte nur und erwiderte, dies sei die einfachste Sache der Welt. Wenn zum Beispiel jemand einen Mord begehe und das Opfer nicht nur nicht zu Boden stürze, sondern im Gegenteil sich in die Luft erhebe und, das Gesetz der Anziehungskraft überwindend, eine Zeitlang in der Höhe schwebe, dann sei der Mord absolut gerecht und könne als Akt göttlicher Gerechtigkeit bezeichnet werden. Und er führte als Beispiel Servos an, der über den Rebberg aufgestiegen und zehn Minuten in der Luft geblieben, bevor er in die Reben gestürzt war und sie zerbrochen hatte. Als er jedoch die gewöhnlichen Fälle von Morden anführte, die begangen wurden entweder von Privatpersonen oder von der Macht, also von der Polizei, von der Armee, nicht zu vergessen die Exekutionen von Gefangenen, betonte Dikeos, daß in den meisten Fällen, wenn nicht immer, diese Morde ungerecht seien, da die Opfer schwer und abrupt zu Boden fielen, ohne vorher noch in der Höhe zu schweben.

Grigoris konnte das Kriterium des Schwebens nicht in Frage stellen. Wie er dann selber, im November 1931, nach dem ersten Messerstich von Markos der Länge nach in den Fluß stürzte, hatte er keinen Zweifel, daß sein Tod durch und durch ungerecht sei. Als dann jedoch sein Blut über das Tal und die Berge zu schweben begann und das Gesetz der Anziehungskraft aufgehoben war, wurde auch dieser Gedanke umgeworfen – doch Grigoris kümmerte sich nicht mehr um solche Spitzfindigkeiten, die menschliche und die göttliche Gerechtigkeit betreffend.

Der gleiche Gedankengang hatte zu Dikeos' Ansicht über das absolut Gerechte und das absolut Ungerechte und die Ohnmacht der sogenannten göttlichen Gerechtigkeit, diese Trennlinie zu überschreiten, geführt. Die göttliche Gerechtigkeit wirkt demnach nur, wenn absolut ungerechte Taten begangen worden sind, die in völligem Gegensatz zu den menschlichen Prinzipien von Recht und Moral stehen, welche ja nichts anderes sind als eine Verlängerung der göttlichen Gerechtigkeit selbst. In diesen Fällen, fügte der Mörder hinzu, ist die Frage einfach, und niemand zweifelt daran, daß der Übeltäter bestraft werden muß. Doch Fälle von absoluter Bosheit und Ungerechtigkeit sind selten, und es kommt oft vor, daß Ungerechtigkeiten begangen werden, die gemäß dem Gesetz keine Bestrafung nach sich ziehen, die aber in völligem Gegensatz zu den menschlichen Prinzipien von Recht und Moral stehen. Wenn zum Beispiel ein Mann von früh bis spät arbeitet mit dem einzigen Ziel, sein bewegliches und unbewegliches Vermögen zu vermehren, sein Geld zu hohen Zinsen verleiht, billig kauft und teuer verkauft, wenn ein Mann sich auf Parteipolitik einläßt und auf Stimmenfang geht, indem er Versprechungen und Bestechungsgelder verteilt und so dazu beiträgt, daß sein Favorit gewählt wird und damit sein eigener Einfluß und die Macht des sogenannten bürgerlichen Staates und der liberalen Partei wachsen, dann tut dieser Mann allem Anschein nach kein Unrecht oder etwas absolut Böses. In diesem Fall können weder die göttliche Gerechtigkeit noch die Gesetze des Staates angewendet werden, selbst wenn dieser loyale Bürger und Besitzer von beweglichem und unbeweglichem Vermögen eines schönen Morgens in deinem Rebberg auftaucht und von dir Darlehen aus alten Tagen zurückfordert, die wiederholt zurückgezahlt worden sind. Dann mußt du eben persönlich menschliches Recht zumessen und auf diese Weise die göttliche Gerechtigkeit lenken. Ganz kaltblütig, ohne Angst und Erschütterung sollst du dein Mannlicher-Gewehr mit der saubersten und glänzendsten Kugel laden und tief unten auf den Bauch zielen, auf den Punkt, wo der Oberkörper mit dem Unterkörper verbunden ist. Dann zieh den Abzug, und du wirst mit eigenen Augen sehen, wie die Kugel aus dem Gewehr rast und sich auf den loyalen und fleißigen Bürger zubewegt. Zu Beginn wird die Kugel geradeaus fliegen, in absolut gerader Linie, berührt sie dann aber den Mann, so wird sie sich, gelenkt vom Begriff des Gerechten, nach oben richten und das Opfer hochheben, bis in den Himmel hinauf, so wird der Gedanke gar nicht aufkommen, diese Mordtat sei ungerecht.

Dikeos beharrte sogar darauf, es sei wesentlich und in Übereinstimmung mit der Zumessung der Gerechtigkeit, daß der Mörder sich seinem Opfer nähere, sobald es aufhöre zu schweben und mit Getöse zu Boden stürze, und, wenn möglich, über Stunden dabeisitze und mitverfolge, wie der Verwundete langsam und stetig Besitz und Macht verliere. Zudem sei eine völlige Rechtfertigung der Mordtat nur auf diese Weise möglich, andernfalls könne sie sinnlos oder gar negativ aussehen.

Zu diesem Zeitpunkt, Dikeos hatte beinahe drei Viertel der Lebensmittel gegessen, stieg in Grigoris die Befürchtung auf, das Gespräch könnte sich von neuem wenden und in seinem Gang zurück Darlehen, Zinsen, Entstehung neuer Schulden und unrechtmäßige Vermögensaneignung einschließen, später zum Mord und zu dessen Folgen gelangen, um schließlich irgendwo im Unbestimmten zu enden. So fand er, als sie gerade über den Rebberg und den Schaden sprachen, den Servos mit seinem Sturz verursacht hatte, Gelegenheit, seinem Vater in allen Einzelheiten zu schildern, wie er es allein fertiggebracht habe, am Tag nach Mariä Himmelfahrt die Sultaninen zu lesen, wie viele Körbe voll er in der Sonne ausgebreitet habe und mit wie vielen Oka Rosinen sie rechnen könnten. Gleichzeitig erstattete er einen vollständigen Bericht über all die Tage, die sein Vater auf der Flucht gewesen war, und füllte so, Tag für Tag, Stunde um Stunde, die Zeit vom Morgen des 8. August, eines Mittwoch, bis zum gegenwärtigen Zeitpunkt, zu dem sie in der Zelle miteinander sprachen, es war Montag, der 20. – doch über den Schlaf der Rinder oder über die Trägheit an Mariä Himmelfahrt verlor er keine Silbe.

Ebensowenig erwähnte er natürlich Markos' Worte, die in der großen Stille des Tages zu hören gewesen waren, obwohl Servos' Sohn selber sie vier ganze Tage früher geschrien hatte, genau am Samstag, dem 11. Dieses Detail kannte Grigoris aber nicht, doch daß er geweckt worden war von Markos' Drohungen, war eine Tatsache und für den Schlafenden sogar nützlich, denn so hatte er in die Welt der Menschen, der Tiere, der kultivierten und der unkultivierten Äcker und generell aller Dinge, beseelter wie unbeseelter, zurückkehren können.

Er erhob sich also vom Bett seines Vaters und trat durch die offene Tür hinaus ins starre und marmorne Licht der Sonne. Alles rings um ihn, Bäume, Pflanzen, Haustiere und wilde Tiere, die Schmetterlinge und die Insekten, selbst die rastlosen und listigen Eidechsen, alles war reglos. Er selber hatte den Eindruck, er bleibe, obwohl er voranschritt, immer am gleichen Ort und gleichzeitig geschehe das Unerklärliche: er entferne sich vom Rebberg und sitze auf dem schwarzen Felsen, der seinen Großvater zu Tode gebracht hatte. Denn, so dachte er, der Alte mochte hinuntergestürzt sein, aber es war der Fels, der ihn tötete und sein Hirn in die Lüfte spritzen ließ, und er war ärgerlich darüber, daß der Fels dort stehen blieb, ein unbestrafter und unzerstörbarer Mörder.

Markos seinerseits versicherte jedermann in seinen Darstellungen und Aussagen, bevor die Akte geschlossen wurde, als er Grigoris drei Jahre und drei Monate später habe auf dem schwarzen Felsen sitzen sehen, da habe er den Sohn des Mörders seines Vaters gehört, wie er vom Johannisbrotbaum her provozierend nach ihm gerufen und ihn verhöhnt habe. So schien sein Verbrechen alles andere als vorsätzlich zu sein – Markos war offensichtlich beleidigt worden und in Zorn geraten und hatte, was er getan hatte, in rasender Wut getan. Aber die Gründe für den Mord waren nicht mehr von Wichtigkeit, man hatte Gnade walten lassen, und die Angelegenheit war schon vergessen.

Jedenfalls, am Tag des Mordes und einige Tage danach gab es eine Unruhe im Dorf, die aber nicht so groß war wie damals beim Vorfall mit Servos. Weder Evtichis wurde der Komplizenschaft oder der Verantwortung für den Mord angeklagt noch irgendeiner von Markos' Freunden oder Verwandten; ein paar Personen aus dem engen familiären Umfeld des Mörders aber standen für eine gewisse Zeit unter Überwachung. Grigoris, übers Kreuz auf einem Esel festgebunden, wurde von dem Cousin von Servos ins Dorf überführt, der als Hauptzeuge in Dikeos' Prozeß ausgesagt hatte.

Um das Weihnachtsfest im selben Jahr war die Angelegenheit fast vergessen, und nur Markos' Flucht erinnerte an das Geschehnis. Zwei Tage, bevor das Jahr 1931 zu Ende ging, erhielt Evtichis von seinem Bruder die Nachricht, er solle kommen und ihn in der Kapelle der Heiligen Marina treffen; die Kapelle stand etwas höher am Berg als Dikeos' Johannisbrotbaum. Das Treffen fand am Tag vor dem Neujahrsfest statt, gerade zu der Zeit, in der sich die Menschen in ihren Häusern aufhalten, um gemäß der Tradition gemeinsam den Jahreswechsel zu begehen, auch aufgrund der strengen Kälte, die gewöhnlich in diesen Tagen herrscht.

Die beiden Brüder tauschten an Informationen aus, was sie für nützlich hielten, vor allem das, was das Haus und dessen Unterhalt und Markos' Zukunft betraf. Evtichis überreichte Markos ein Bündel Kleider und zwei Säcke voller Lebensmittel und Süßigkeiten, sein Bruder gab ihm dafür zwei Schaffelle und deutete so an, welchen Beruf er nun in den Bergen ausübte. Der Hauptgrund für das Treffen jedoch war, eine Möglichkeit für Markos' Amnestie zu finden – mit der Hilfe ihres Politikers, der immer noch die Regierung von Veniselos unterstützte. Da aber die ganze politische Situation und die wirtschaftliche Lage sich im Herbst 1931 verschlechtert hatten und der Staat sich der Gefahr des Bankrotts gegenübersah – dies hauptsächlich als Folge ausländischer Darlehen –, waren die meisten Minister, der Vizeminister für Gesundheit unter ihnen, vor allem mit der Erhaltung ihrer Stellung und mit ihrer eigenen Zukunft beschäftigt. Jedoch, im September und im Oktober 1931, als Veniselos mit Beratern und Diplomaten die Hauptstädte der fremden Geldgeber abgraste und um einen weiteren Kredit nachsuchte, sprachen sich gleich mehrere lokale Parteifunktionäre und -aktivisten aus Servos' Provinz miteinander beim Minister über ihre Ängste und ihre Nöte aus. Diese Männer waren vielleicht nicht klug genug bei ihrem Treffen mit dem Würdenträger der Regierung, aber es gelang ihnen, mit ihren Sätzen, die einerseits kunstvoll gedrechselt waren, anderseits grobschlächtig und familiär, klarzumachen, es kursierten gewisse Informationen, daß ihr Abgeordneter und der Vizeminister finanzgewaltigen Exponenten der gegnerischen konservativen Partei schöne Augen machten.

Im Mai 1932, gleich nach dem Rücktritt der Regierung Veniselos, sprang Servos' Abgeordneter, nach fünfzehn Jahren der Treue zu den Idealen der liberalen Partei, ab ins gegnerische Lager, und in den nachfolgenden Wahlen vom September desselben Jahres wurde er zum Abgeordneten der Volkspartei gewählt – nicht zuletzt dank der Unterstützung vieler ehemaliger Veniselos-Wähler. Und immer mehr Wähler kündigten ihre Loyalität, als Veniselos' Macht schwächer und schwächer wurde – wie die beiden glücklosen Coups von 1933 und 1935 zeigten.

Ebenfalls geschah, was oft in ähnlichen Fällen beobachtet worden ist, daß nämlich die Wähler, welche die Partei gewechselt hatten, in ihrer neuen Überzeugung einen so übertriebenen Eifer an den Tag legten, daß ihre Zänke mit ihren einstigen Gesinnungsgenossen die Ausmaße regelrechter Feindschaft annahmen. Genau ein derartiger Vorfall gab Evtichis Gelegenheit, durch die Tat seine Gesinnung und seine Hingabe an die neue Ordnung der Dinge zu beweisen – als er mithalf, einen Offiziellen der liberalen Partei brutal zu verprügeln.

Im November 1934, drei Monate nach diesem Vorfall, trat Evtichis in die Dienste der Polizei. Unterdessen hatten Veniselos und seine Freunde die konservative Regierung bedroht und die Ankunft eines vom Schicksal gesandten Rächers heraufbeschworen, welcher die liberale Partei wieder an die Macht bringen würde – zur Rettung der wankenden Demokratie. Im Mai 1935 stellte sich Markos seinem Bruder, indem er sich eine Art Amnestie zunutze machte, welche die Regierung nach ihrem Sieg über den Veniselismus gewährte. Als die demokratische Verfassung endgültig zuschanden und die Monarchie wieder installiert war, schleppte Markos eine riesige Fotografie des Königs an und hängte sie im großen Zimmer, in dem der Leichnam seines Vaters, eines alten Parteiführers der Liberalen, aufgebahrt worden war, an genau demselben Nagel auf, an dem einst die Fotografie von Veniselos gehangen hatte. Der König, im Gegensatz zu dem, wie er auf den Goldpfunden und all den andern Münzen abgebildet war, starrte geradeaus, ein bißchen mehr in die Höhe als normal.

Ungeachtet jedenfalls der politischen Veränderungen, die sich im Laufe seiner Flucht vollzogen, hielt er regelmäßigen Kontakt mit seinem Bruder und mit anderen Personen aus dem engen familiären Umkreis, ohne daß die Polizei irgend jemanden von ihnen belästigte. Einzig ein Jahr, bevor Markos sich stellte, wurde der Kontakt zwischen den beiden Brüdern unterbrochen, da Evtichis seine schriftlichen Unterlagen für die Polizei bereitmachte und zeigen mußte, daß er die Gesetze achtete, als deren Bewahrer er in Kürze eingesetzt würde. Aber nach glücklicher Beendigung der ganzen Angelegenheit und nachdem der Mörder rehabilitiert worden war und mit seiner Frau und seinem Sohn Manolis Servos' Haus bezogen hatte, wurde die Beziehung der beiden Brüder enger und die gegenseitige Hilfe fruchtbarer. Nachdem Agapi und ihr Mann das Dorf von Irini der Großen verlassen hatten und in Servos' Dorf gekommen waren, um dort zu leben, gewannen die beiden Brüder und ihr Schwager immer mehr an Stärke, sowohl aufgrund ihrer gesunden Vermögensverhältnisse als auch aufgrund ihrer Verbindungen und ihrer Beziehungen zur Staatsmacht.

Eine so starke Familie heranzubilden, hatten weder Dikeos noch sein Sohn Grigoris fertiggebracht. Im Gegenteil, man konnte leicht den Verfall von Dikeos' Familie in den dreißig Jahren von 1901 bis 1931 nachvollziehen. Diese bittere Wahrheit schien Grigoris nicht negativ zu beeinflussen, der nach seines Vaters Tod im Gefängnis nicht nur mutterseelenallein schlief und aufwachte, sondern auch allein aß und trank. Solange sein Vater noch am Leben gewesen war, hatte er, offensichtlich gewisse, unsichere und unvernünftige Hoffnungen hegend, der Gefangene würde eines Tages zurückkehren und sich mit seinem Sohn an den Tisch setzen, es abgelehnt, zu kochen und wie ein Mensch zu essen. Nein, immer mehr hatte er sich von der Gewohnheit eines gedeckten Tisches und eines warmen Essens mit Teller und Besteck entfernt.

Als er aber von Dikeos' schrecklichem Tod aufgrund der Metallkrankheit erfuhr und jegliche Hoffnung zunichte war, schlachtete Grigoris, nachdem er zwei Tage ohne Essen und ohne Trinken geblieben war, den größten Hahn aus dem Hühnervolk, das in und um den Rebberg lebte. Dann zündete er ein gewaltiges Feuer an und briet den Vogel in Öl und Mengen von Kräutern. Er deckte den Tisch, setzte sich und aß die beiden Flügel, den Hals und den Kopf des Hahns; den Rest des Fleisches vergrub er in einem Winkel ihres Rebbergs. Doch rasch geriet er wieder in seinen alten Trott – er kümmerte sich weder um warmes Essen, ob gebraten, geschmort oder gesotten, noch um Saucen und die Düfte der Küche. Ebensowenig sehnte er den gedeckten Tisch, die Teller und das Besteck herbei, sondern er lebte nach seiner eigenen Ernährungsweise, die man irgendwo zwischen der Nahrung der Eidechse und der des wilden Igels hätte ansiedeln können, das heißt mit der Fähigkeit, die Nahrung ausschließlich in der Luft und im Boden zu finden.

Diese Einstellung bezüglich des Kochens und des Tisches behielt Grigoris bis zu seinem Tod im November 1931 bei. Zu der Zeit aber hatte der wirtschaftliche Niedergang ein solches Ausmaß erreicht, und die Staatsmaschinerie war offensichtlich nicht in der Lage, darauf zu reagieren, daß die Anzeichen des bevorstehenden Zusammenbruchs bereits klar zu sehen waren. Wie diesbezüglich bezeugt wird, war die Arbeitslosigkeit von Mitte 1932 bis zum März 1933, als Veniselos seinen ersten Staatsstreich durchführte, dreihundertfünfzig Prozent höher als im Jahre 1928, während gleichzeitig der Rosinenexport um fünfzig und der des Olivenöls um zweiundzwanzig Prozent zurückgegangen war.

Grigoris erlebte weder den ersten noch den zweiten Staatsstreich noch den nachfolgenden Zusammensturz des demokratischen Systems und die Errichtung der Diktatur. Es ist jedoch äußerst wahrscheinlich, daß all diese Veränderungen seine Ernährung oder seine allgemeine Lebensführung, selbst seine politischen Überzeugungen kaum beeinflußt hätten, obgleich solche Dinge nicht ungewöhnlich sind für die Menschen, die sehen, wie sich ihr persönliches und gesellschaftliches Leben zum schlechten wandelt. Dies geschah zum Beispiel mit Dikeos, der viel erlitt im Gefängnis und reichlich Veränderungen in seiner Ernährung, an seinem eigenen Körper und in seiner politischen Meinung bemerken mußte. Was letzteres betraf, so bekam Grigoris wichtige Informationen vom Mithäftling seines Vaters, der ihn nach der Entlassung oft im Rebberg besuchte – unter immer anderen Vorwänden und Begründungen, stets aber in seiner Eigenschaft als Hausierer.

Dieser sonderbare Mann – jedoch ein sehr fähiger Händler –, ein Opfer jenes Gesetzes, welches die Regierung Veniselos erlassen hatte, verfügte zwar über keine besondere Bildung, wie er jedesmal betonte, doch er hatte zuerst Dikeos ein paar Lektionen über das wirtschaftliche und gesellschaftliche System, an das er glaubte, erteilt und fuhr damit nun bei Grigoris fort. Was Grigoris letzten Endes davon behielt, war die Bedeutung gewisser fremdartiger Symbole oder Geheimzeichen, die Dikeos in seinen Briefen zu benützen pflegte, und vor allem, was dieses »V« meinte, mit dem der Häftling jeden seiner Briefe beendet hatte. Grigoris hatte bis zu dem Tag, als der Hausierer ihn besuchte, keine Menschen kennengelernt, die aus anderen Gründen als Raub, Viehdiebstahl, Mord oder ähnlichen Gewalttaten ins Gefängnis gekommen waren, hatte doch die politische Gegnerschaft zwischen dem veniselischen und dem konservativen Lager viele zwar vor Gericht gebracht, aber keinen ins Gefängnis. So vermochte der politische Häftling, abgesehen von ein paar Informationen allgemeiner Art, Grigoris das Klima im

Gefängnis und seine besonderen Beziehungen zu Dikeos nicht deutlich zu machen. Und seit der Exhäftling in seiner Analyse der Dinge Ereignisse mit einbezog, die so weit weg waren vom Dorf und von Grigoris' Umfeld, vermochte dessen Geist nicht mehr so weit zu schweifen, in die entfernten Gegenden mit den fremdsprachigen Menschen, der Kälte, den so andersartigen Nahrungsmitteln, welche die Revolutionäre in Mütterchen Rußland verzehrt hatten – wie sich der Hausierer am liebsten ausdrückte.

Die letzte Begegnung zwischen Grigoris und dem reisenden Hausierer war für Oktober 1931 vorgesehen, und sie betraf den Verkauf der Johannisbrotschoten und aller Hülsenfrüchte des Jahres. Grigoris hatte beschlossen, zum Kauf eines Gewehrs zu schreiten – wahrscheinlich eine Folge der fortgesetzten Geschichten des Hausierers über Revolutionen, bewaffnete Konflikte und blutige Unruhen. Als Grundstock für das benötigte Kapital wollte er das Goldpfund und die neun Drachmen von Servos verwenden, die er immer noch aufbewahrte. Aus unbekannten Gründen erschien der sonst so pünktliche Hausierer nicht im Rebberg, und der Verkauf der landwirtschaftlichen Produkte fand nicht statt. Gleichzeitig setzte Grigoris' Tod, vier Wochen später, jedem Plan und jeglicher Hoffnung der Familie Dikeakis, entweder zu sehen, wie ihr Gewehr von alleine nach Hause zurückkehre, oder dann eben ein neues zu kaufen, ein Ende.

Sogar wenn Grigoris' Plan hätte in Erfüllung gehen können, ist es doch äußerst unsicher, ob das Gewehr jemals zu irgendeinem Zweck hätte benutzt werden können. Denn es ist bekannt, daß nur jene Menschen, die auf ihrem Gewehr schlafen und es morgens, mittags und abends berühren und streicheln, daß wirklich nur jene Menschen schließlich in der Lage sind, es auch zu benutzen. Genauso muß der Besitzer des Gewehrs morgens, mittags und abends sich all die Ungerechtigkeiten, die Verfolgungen und die finanziellen Desaster, die er erlitten hat, ins Gedächtnis rufen und heraufbeschwören. Er muß von vergeblichen Flüchen oder Wünschen absehen, ebensowenig darf er in Gram und Kummer verfallen, und sein Geist darf sich nicht verdüstern. Und die Hauptsache: Er soll nur an sich selber denken, und als wäre er selber all die andern, so soll er denken und handeln. Er soll aber weder als Rechtfertigung die andern vorschieben noch ein allgemeines Interesse zum Vorwand nehmen für Taten, die einzig ihn etwas angehen. Denn ein Unglück darf nicht gemessen werden am Kummer oder an den Mißständen, die es hervorruft, sondern nur an den konkreten tätigen Reaktionen des Leidenden.

Vielleicht waren dies die letzten Worte, die Grigoris von seinem Vater hörte, als er hastig die Zelle im großen Dorf verließ, da es zu regnen anfing. Sehr wahrscheinlich redete sein Vater die ganze Zeit weiter, in der Grigoris, mal wie ein Aal, mal wie ein Mensch sich bemühte, die dichten Regenwände zu durchdringen und die Rosinen unversehrt vorzufinden. Und weil er keine andere Sorge hatte, als die Frucht und damit das Resultat seiner Bemühungen zu retten – wie übrigens alle Menschen in dieser bäuerlichen Region –, kümmerten ihn mitten im Blitz und im Donner die Ermahnungen seines Vaters nicht mehr. Zudem hatten die Stimmen der Menschen aus der unteren Welt, die im Regen und im Sturm ertönten und sein Gehör verwirrten, zur Folge, daß Dikeos' laute Befehle und seine Schreie von Grigoris nicht beantwortet wurden.

Diejenigen, die Dikeos hörten, waren die sechs Polizisten, der Wachtmeister und der wachhabende Kommandant, der schlief. Nachdem sich die Organe der Macht von der ersten Überraschung erholt hatten – der Wachhabende war in rasenden Zorn geraten ob der Störung seines Schlafs –, stürmten alle miteinander zur Zelle, um den Gefangenen zum Schweigen zu bringen. Der eine war bereit, ihm den Mund zu stopfen, der andere, ihn halb lahm zu prügeln (wie es in solchen Fällen üblich ist), alle jedenfalls waren wild darauf, ihm bös zu drohen und

Flüche an den Kopf zu werfen. Doch die acht Männer der Polizei sahen sich einem sonderbaren und völlig unerklärlichen Schauspiel gegenüber, das sie, wie man später erzählte, vor Schreck erstarren ließ.

Zur Sache: Während sie sich völlig sicher waren, Dikeos gehört zu haben, der mit schriller Stimme, die an ein Kreischen grenzte, ausrief, wie man auf sein Opfer zu zielen habe, wie man die Kugel im geeigneten Winkel abschießen müsse und wie man den getroffenen Körper zum Schweben und zum Trudeln über dem Rebberg oder dem Feld bringen könne, stellten sie, kaum hatten sie die Zelle im Untergeschoß betreten, erschreckt und verwundert zugleich fest, daß der Gefangene halb auf der Pritsche lag und schlief – und doch ließen in dem Augenblick seine Schreie die Wände erzittern. So führte Dikeos, gerade als sie zu ihm hineinstürzten, so laut, wie er nur konnte, aus, auf welche Weise das Gewehr gepflegt werden müsse, damit es stets bereit sei für den Zweck seiner Herstellung, wie die Kugeln, speziell die für das kriegerische Mannlicher-Gewehr, geglättet und poliert werden müßten, so daß es sogleich töte, gleichzeitig aber auch seinen Ruf der Menschenfreundlichkeit bewahre.

Eine Stunde ungefähr dauerte dieser merkwürdige und lästige Vorfall, während der der Häftling in tiefem Schlaf weiterhin schrie und die Polizisten, am

Rand des Wahnsinns und zu Tode erschrocken, wie paralysiert dastanden und nicht wußten, was tun. Sollten sie Dikeos aufwecken oder ihn ruhig weiterschlafen lassen, den Kopf auf dem angewinkelten Arm, sanftmütig und friedvoll in jeder Beziehung? Ein Gedanke folgte dem andern, keiner konnte sich zu etwas entschließen oder auch nur die Dinge erklären, während draußen der Regen weiterhin in Sturzbächen fiel und die Schreie des schlafenden Häftlings, seine Schmähungen, seine erniedrigenden Verwünschungen der Staatsmacht und die wilden und fürchterlichen Drohungen gegen deren Repräsentanten begleitete.

Abgesehen von der lästigen Situation, welche die Polizisten erlebten, und ihrer offensichtlichen Unfähigkeit zu reagieren, bestand noch die Möglichkeit, daß Dikeos' Schreie in den umliegenden Häusern gehört würden und ein noch größeres Problem verursachten. Glücklicherweise aber trugen der Regenguß und der Abstand des Polizeipostens zu den anderen Häusern dazu bei, daß der Häftling nicht gehört wurde. Der erwachte übrigens nach einer Stunde von alleine, und in dem Moment hörten wie durch ein Wunder auch die schrecklichen Schreie auf. Der Gefangene erschrak nun selber heftig, als er sich in seiner Zelle acht Polizisten gegenübersah. Der Postenchef aber beruhigte ihn, und nachdem er sich mit seinen Untergebenen zurückgezogen hatte, verbot er den Männern strengstens, den Vorfall zu enthüllen oder auch nur auf ihn anzuspielen. Und es wäre die Angelegenheit auch völlig unbekannt geblieben, hätte nicht einer von den Polizisten – er wurde nach Veniselos' Coup im Jahre 1933 entlassen – seiner Familie davon erzählt, die es natürlich überall weiterplauderte.

Zu der Zeit aber waren Dikeos und sein einziger Sohn Grigoris tot, und sehr wahrscheinlich befanden sie sich, derartigen Vorfällen gegenüber gleichgültig, mit den übrigen Mitgliedern ihrer Familie im unteren Dorf. Am Tag des Vorfalls jedoch hätte Grigoris, selbst wenn er vom Geschehnis erfahren hätte, es nicht richtig einzuschätzen vermocht in seiner Panik und seiner Hast, die schlammigen Rosinen zusammenzulesen und von ihrem Vermögen zu retten, was nur möglich war. Da war überdies der Präzedenzfall seines eigenen Schlafs am Vorabend von Mariä Himmelfahrt – ganz klar hatte er die Stimmen und Töne gehört, welche jedes Tier und jede Pflanze von sich geben, wenn sie sich ernähren, sich entleeren oder sich bewegen. Er hatte sogar den Eindruck, daß er sich während des ganzen Schlafs, vom frühen Abend des Vortags bis zum Mittag von Mariä Himmelfahrt, weit weg von ihrem Rebberg befand, vielleicht sogar hinter den Bergen, auf den höchsten Höhen des kosmischen Trichters oder in den Gefilden der Sternzeichen, aber in Begleitung des alten Grigoris, der ihm fortwährend bekannte und oft benannte Dinge erklärte.

So, während in seinem Schlaf alles friedlich und hell aussah und er von der Hitze des Tages nicht verbrannt und von den Alltagsproblemen nicht belästigt wurde, fühlte er doch tief in seinem Innern, daß er sich beeilen mußte, denn die Zeit verging, und die Trauben waren noch immer nicht gelesen. Draußen stand verlassen der Korb mit ein paar Trauben, die in der Sonne welk wurden, schon verdorben und unbrauchbar. So war das einzige, was er, kaum war er an Mariä Himmelfahrt gegen Mittag aufgewacht, tun wollte, hinauszugehen ins Licht und mit seiner Arbeit fortzufahren. Und wirklich, er hob den Korb und die Hippe vom Boden auf und nahm in der Trägheit des Tages zwei, drei Anläufe, die Trauben zu lesen. Das einzige, was er anscheinend fertigbrachte, war, immer weiter und weiter vorwärtszugehen, und während er selber das Gefühl hatte, er bewege sich rasch um den ganzen Weinberg und lese Trauben, stieg er in Tat und Wahrheit mit dem Korb in der Hand hinauf zum hohen Johannisbrotbaum.

Dort setzte er sich auf den schwarzen Felsen, bis die Sonne sank und die Stille der Natur ihr Ende fand. Am Tag nach Mariä Himmelfahrt, gegen vier Uhr am Morgen, wusch er sich im Fluß und stieg vom Platz mit dem Johannisbrotbaum wieder hinunter zum Rebberg. Er schleppte den großen Bottich für die Verdünnung der Pottasche aus dem kleinen Haus und füllte ihn mit Wasser. Dann holte er den Sack mit der Pottasche und löste gerade so viel auf, wie die Trauben benötigten, um richtig trocken zu werden. Darauf nahm er den Korb und begann, vorsichtig einen Rebstock nach dem anderen abzulesen, die Trauben, die auf den Boden gefallen waren, ebenfalls einsammelnd, damit nicht der kleinste Verlust entstehe. Zur selben Zeit warf Agapi den hungrigen Seidenraupen frische Maulbeerzweige vor, und die Raupen, einen Tag vor Beginn ihres letzten Schlafes, fraßen heißhungrig und lärmend große Mengen grüner Blätter.

Juni 1980 – März 1982
Athen – Milos – Athen

Auszug aus der modernen griechischen Geschichte

Auszug aus der modernen griechischen Geschichte

1863 – 1886
Prinz Wilhelm von Dänemark wurde als König Georg I. von Griechenland Nachfolger des gestürzten Königs Otto I. Ihm gelang es, die Ionischen Inseln mit dem Königreich zu vereinigen. Im Russisch-Türkischen Krieg verhinderte England die Besetzung Thessaliens durch Griechenland. Im Vertrag von Konstantinopel trat schließlich die Türkei, als neue kriegerische Verwicklungen vor der Tür standen, Thessalien bis zum Olymp und nach Epirus ab. Das Ministerium Delijannis versuchte, neue Erwerbungen zu machen, wurde aber durch die Blockade der Achsenmächte daran gehindert.

1890 – 1913
Das folgende Ministerium Trikupis war vorsichtiger und versuchte bei einem Aufstand in Kreta, auf dem Verhandlungswege Erleichterung für die dortigen Griechen zu erreichen. Ein zweites Ministerium Delijannis vereitelte die Maßnahmen des Vorgängers und trieb Griechenland in den Staatsbankrott.
Als Trikupis endgültig aus der Politik ausschied, gewann die panhellenische Idee neuen Boden. Kreta wurde besetzt, worauf die Türken den Krieg erklärten. Der König mußte Delijannis entlassen, Kreta räumen und einen Waffenstillstand schließen. Endlich zahlten die Griechen eine Kriegsentschädigung, und der griechische Prinz Georg wurde durch die Großmächte als Hochkommissar von Kreta eingesetzt. Wegen anhal-

tender Unruhen legte Prinz Georg jedoch sein Amt nieder, und die kretische Nationalversammlung proklamierte die Vereinigung mit Griechenland. Das Militär übernahm die Gewalt, und Veniselos, der Vorkämpfer der Vereinigung Kretas mit dem Mutterland, wurde als Premierminister nach Athen berufen. Er führte eine gründliche Wandlung der politischen Verhältnisse durch. In den folgenden zwei Balkankriegen konnte Griechenland Erfolge erzielen: Thessaloniki und Jannina sowie ein Gebietszuwachs in Makedonien rundeten die Nordgrenze ab, ebenso kam Kreta endgültig zum Mutterland.

1913 – 1923

Inzwischen war König Georg I. ermordet worden, Konstantin I. übernahm die Herrschaft. Im 1. Weltkrieg versuchte er, gegenüber der Entente und Veniselos die Neutralität aufrechtzuerhalten, aber das kostete ihn den Thron; sein Sohn Alexander wurde König.
Griechenland erhielt von Bulgarien Westthrakien und von der Türkei Ostthrakien. Die neue Regierung Kemals in Anatolien war aber nicht gewillt, die Bestimmung des Friedens von Sèvres anzuerkennen. So landeten griechische Truppen in Smyrna, um das Gebiet zu erobern. König Konstantin wurde vom Volk zurückgerufen, aber auch er wollte das kleinasiatische Unternehmen nicht abbrechen. Es kam zur Kleinasiatischen Katastrophe, die zum Waffenstillstand von Mudania und in Athen zur Revolution der Generäle

Gonatas und Plastiras führte. Konstantin mußte zugunsten seines Sohnes Georg abdanken, und Griechenland verlor nicht nur Kleinasien und Ostthrakien wieder, sondern hatte dazu die Verpflichtung, etwa 1,75 Millionen kleinasiatischer Griechen ins Mutterland zurückzuführen.

1923 – 1936

Die Generäle machten das Königshaus für die Mißerfolge verantwortlich, und man rief die Republik aus. General Pangalos riß die Macht an sich, wurde im folgenden Jahr gestürzt, und Veniselos hatte abermals für einige Jahre die Macht inne. Schließlich siegten die Royalisten über die Veniselisten, was zur Folge hatte, daß die Monarchie wieder ausgerufen wurde, und König Georg II. kehrte zurück. Im folgenden Jahr schon löste der Ministerpräsident, General Joannis Metaxas, das Parlament auf und installierte eine autoritäre Regierungsform.